Thomas-Louis Novillo
avec
Laurent Ruquier

Bon pied bon œil

150 drôles d'expressions
pour amuser la galerie

Le Robert

Direction éditoriale : Bérengère Baucher
Édition : Charlotte Lebot et Diane Flahaut
Correction : Nathalie Rachline
Fabrication : Nicolas Zeifman
Conception graphique de l'intérieur et de la couverture :
Jean-Louis Massardier

92, avenue de France, 75013 Paris

ISBN 978-2-32101-908-4

Bon pied bon œil

150 drôles d'expressions pour amuser la galerie

Remerciements

À mon institutrice du Havre, Mademoiselle Jacques, qui m'a fait aimer la lecture et les mots.

Laurent Ruquier

À mon parrain, qui n'arrêtera jamais de lire et de faire lire.
À ma filleule, à qui je souhaite le même vice.

Thomas-Louis Novillo

Introduction

Les jeux de mots et les drôles d'expressions de la langue française font plutôt bon manège.
Les premiers finissent parfois par faire les secondes, qui sont elles-mêmes une source inépuisable de facéties et de sens détournés.

Qu'est-ce qu'un jeu de mots ?

C'est un rapport inversé à la langue : les phrases ne sont plus un moyen (pour communiquer) mais une fin.

Plus encore que les profs de français, les jeux de mots permettent de prendre conscience de notre propre langue. C'est un rapport à soi, une grimace linguistique.

Ce sujet a particulièrement intéressé le linguiste suisse Ferdinand de Saussure (qui a forcément convaincu ses pairs...). On s'amuse des sons, on rapproche par métaphore des objets qui n'ont rien à voir, et on invente même parfois des mots : voilà les principaux ressorts qui font rebondir nos plaisanteries.

L'*homophonie* (association de sons – à ne pas confondre avec l'*homophobie*, association de cons), d'abord, est à l'origine de bon nombre de locutions. La langue en est avide. Les sons sont son songe. On profite des homonymes (mêmes mots), des paronymes (mots proches) ou tout simplement de sonorités semblables pour faire des traits d'esprit. *Vieux comme Hérode* est devenu *Vieux comme mes robes*. On passe aussi bien *du coq à l'âne* que du Coca light.

L'étymologie populaire, ensuite, est une mécanique du drôle et une drôle de mécanique. Consciemment ou inconsciemment, on bafoue les règles de la bienséance encyclopédique en inventant des trucs. Les bruits nous rendent *zinzins*. Les yo-yo nous font *yoyoter*. Les plus hardis en absurdie créent des concepts, comme le génial Pierre Dac et son *schmilblick*, définitivement entré dans la grande histoire des canulars grâce à Coluche, ou même plus récemment le fameux *Kamoulox* de Kad et Olivier.

Enfin, on associe avec liberté les objets (signifiants) entre eux. La palme revient peut-être aux métaphores de la tête, qui est un véritable potager (melon, fraise, poire, pêche, citrouille...), un nécessaire à vaisselle (carafe, cafetière, bocal...), sans oublier un caisson, une calebasse ou une pipe.

Comment faire des blagues ?

Savoir jouer avec les mots est un art et la blague est un muscle.

Pour animer des émissions de télévision ou de radio, il faut savoir trouver l'inspiration dans les situations, le dérisoire dans les non-dits, les traits d'esprit en toutes circonstances. Et l'habitude a son importance dans l'art de la rigolade. Trouver le tempo, le ton, les mots qui feront mouche : tout ça ne se trouve pas sous le capot d'un cheval.

Quand on anime une émission à la radio, il arrive même parfois que les jeux de mots soient involontaires et qu'on se surprenne par une association d'idées qu'on n'avait pas vues venir. Il ne faut d'ailleurs pas confondre un *jeu de mots*, parfois laborieusement écrit, avec ce qu'on peut appeler l'*esprit d'à-propos*, qui va rendre le jeu de mots plus valorisant. C'est d'ailleurs dans cet esprit que ceux de cet ouvrage ont été écrits, comme s'ils étaient faits à l'oral, du tac au tac, se nourrissant du travail passionnant du linguiste.

Le ton est l'éloquence sans laquelle l'humour n'a pas de prise. Nous connaissons tous et toutes quelqu'un qui serait capable de rendre hilarante une histoire à peine amusante.

Mais le ton a besoin du tempo. Il faut savoir quand on peut blaguer et quand on ne doit pas le faire - ce qui, avouons-le, donne encore plus envie de rire, car le décalage n'en sera que plus fort. Les meilleurs fous rires sont ceux qu'on a aux enterrements.

Quant à savoir quels sujets peuvent être tournés en dérision, n'embrassons pas le déclinisme réactionnaire ambiant qui crie à tort, et surtout à travers, qu'« on ne peut plus rire de tout ».

En promouvant de jeunes talents du stand-up (*On ne demande qu'à en rire*), on entend les pires horreurs désopilantes. Rien ni personne n'est épargné.

Ces petits mots de tous les jours que l'on aime tant

Rire des gens, des choses ou des mots, c'est une seule et même chose. Le dictionnaire est un filon inépuisable pour l'humoriste. Et nul ne peut résister au charme des petites expressions qui ponctuent notre quotidien, aussi absurdes qu'obscures, aussi imagées que chargées d'une émotion familière. On aime ces petites phrases qui apportent de la couleur aux paroles et du relief au parleur. On s'amuse du pas de côté qu'elles nous permettent de faire pour libérer une situation de son sérieux.

Ces expressions participent de notre culture commune. Elles sont dans la moustache de Brassens, sous le chapeau d'Aristide Bruant ou dans le venin de Céline (pas la Québécoise, l'autre).

Peut-on vraiment comprendre un peuple, et sa langue, sans ses formules idiomatiques (*un peu, mon neveu !*), sans ses références historiques (connaît-on le *mot de Cambronne* dans la *perfide Albion* ?), sans ses expressions de grand-mère (qui se *met la rate au court-bouillon* pour nous en permanence) ou l'argot des « djeun's » ?

Notre vocabulaire continue d'évoluer grâce aux nouvelles générations, qui drainent des influences étrangères et inventent des expressions loufoques, mondialisées en un claquement de doigts par les réseaux sociaux.

« T’as les cramptés ?
— Quoi ?
— Quoicoubeh ! »

Vous n’avez rien compris ? Nous non plus. Alors, puisqu’il faut que jeunesse se fasse, montrons-lui le peu qu’on sait. Ce n’est quand même pas aux vieux singes qu’on va apprendre à faire des grimaces !

L. R. et T.-L. N.

À la bonne franquette

Sans embarras, sans façon, sans cérémonie

Comment est votre franquette ? Elle est bonne, dirait l'autre. On retrouve la première trace de l'expression *à la bonne franquette* en 1741. Mais *à la franquette* existait depuis un siècle déjà. Au départ, cela signifie « franchement » (le « franc » devenant « franquette » par déformation populaire). Aujourd'hui, on l'emploie pour annoncer une action qui se prive de cérémonie, notamment en matière de cuisine. On imagine facilement une table sans nappe, avec quelques assiettes et de simples restes de la veille.

Cette simplicité a, dans l'expression, une connotation très sympathique. Elle se moque (ou fait parfois semblant de se moquer) des bonnes manières, en préférant un laisser-aller qui serait plus *franc*.

Mais, à l'inverse, doit-on dire que la cuisine élaborée est « malhonnête » ? Certes non. Sauf si on n'a qu'un franc en poche...

Normand moi-même, j'ai souvent entendu ma mère dire à des invités imprévus « Restez à dîner, ce sera à la bonne franquette », c'est-à-dire « on fera simplement », mais en même temps, je ne vois pas comment on aurait pu faire autrement !

Laurent Ruquier

À la queue leu leu

L'un derrière l'autre

Cette expression est vieille de plus de cinq siècles. Et avec le temps, les mots bougent. Ainsi, *à la queue leu leu* donnait en ancien français *à la queue le leu*, le *leu* étant le loup ! On dirait donc aujourd'hui : *marcher à la queue du loup* (sous-entendu : en suivant la queue du loup devant soi). En effet, les loups marchent les uns derrière les autres, en une longue procession. C'est aussi ce qui donne l'expression *faire la queue*. Un loup pressé de passer à la caisse va-t-il faire une *queue de poisson* ?

Mais dans la chanson de Bézu (1987) chez Guy Lux ou dans celle de Carlos (1976), il n'y a *pas la queue* (1656, « pas le moindre ») d'un loup. On l'entend encore dans les fêtes du village, car c'est autant un air enfantin qu'une danse et un sous-entendu grivois.

Les gens ont l'esprit tordu s'ils voient dans le moindre défilé un plaidoyer pour le polyamour. Cela ferait du 14 Juillet une fête sans queue ni tête.

Laurent Ruquier

Chanson immortalisée par Bézu, à la fin de *La Classe*. C’est le cas de le dire.

À plein(s) tube(s)

À pleine puissance, à plein régime

Rien à voir avec les disques d'or, malheureusement. L'expression *à pleins tubes* (*à plein tube* fonctionne également) nait vers les années 1930, avec la démocratisation de la voiture. Elle fait allusion, de manière imagée, aux gaz qui remplissent le pot d'échappement lorsque la voiture va à toute vitesse (même si on sait aujourd'hui qu'un bon filtre à particules n'empêche pas de prendre l'autoroute). Cela donne également *conduire plein pot* ou *plein gaz*. À l'époque, *aller* quelque part *en quatrième vitesse*, c'était *aller à toute berzingue* (dérivée probablement de *brindezingue*, désignant quelqu'un d'un peu fou), alors qu'aujourd'hui c'est la sixième vitesse qui est de rigueur pour aller vite. Certains préfèrent *à fond les ballons* pour dire qu'ils démarrent *sur les chapeaux de roues*, qu'ils avancent *en fanfare*, qu'ils foncent *tout schuss*, qu'ils volent *à tire-d'aile*. On pourrait continuer longtemps.

Par extension, on applique notre expression à différents types d'appareils, notamment sonores : une radio ou un ampli au volume maximal pourra vous envoyer *à pleins tubes* tout un tas de chansons.

Laurent Ruquier

**Je vous conseille
de ne jamais utiliser
cette expression
dans une chambre
d'hôpital même
si vous rendez visite
à un chanteur
souffrant qu'on fait
le plus souvent passer
à la radio maintenant
que pendant toute
sa carrière.**

À tire-larigot

En grande quantité, grandement (notamment pour l'alcool)

Si *tirer des flûtes*, c'est « s'enfuir », *boire à tire-larigot*, c'est l'assurance de rester pour la nuit.
Ce mot curieux existe vraisemblablement avant le XVIe siècle, puisqu'on rapporte en 1516 *à tyre Larigault*. Mais les étymologistes se tirent les cheveux pour en trouver l'origine. Certains estiment qu'il aurait dérivé d'une chanson de Christine de Pisan : « Larigot va Larigot, Marie tu ne m'aimes mie » (1403, *Le Dit de la Pastoure*). Ce pourrait alors être un nom propre. Mais notre expression semble antérieure et son origine a depuis longtemps fait l'objet de moult spéculations. Serait-ce l'évêque de Rouen, Rigaud en l'honneur de qui on sonnait une cloche avant d'aller boire un verre ? Est-ce un régionalisme pour le *larynx* ? Certains savent aussi, peut-être, que le *larigot* était le nom d'un type de flûte (aujourd'hui tombée dans l'oubli) et d'un des jeux de l'orgue.

Ce qui est sûr, c'est qu'on a d'abord dit *boire à tyre Larigault* pour signifier qu'on boit beaucoup ou qu'on vide une bouteille d'une traite. On emploie maintenant *à tire-larigot* pour parler d'une grande quantité (plus uniquement d'alcool). Et c'est déjà beaucoup.

Laurent Ruquier

Une flûte, ça va,
trois flûtes bonjour
les dégâts.
Même s'il est plus
élégant de dire
trois « Flûte ! »
que trois fois
« Merde ! ».
Dans les deux cas,
ça fait beaucoup.

Aimable comme un chardon

Très désagréable

Le monde entier est un cactus, paraît-il. Mais est-il impossible de l'aimer ?
L'expression *aimable comme un chardon* (datant probablement du XVIIe siècle) n'a rien à voir avec l'Écosse, pays dont le chardon, fleur épineuse cousine de l'artichaut, est l'emblème (c'est également le symbole de notre *french* Lorraine !). C'est une comparaison ironique et une antiphrase : le chardon pique celui ou celle qui le touche, il n'est donc pas du tout agréable de s'y frotter. Par ailleurs, l'effet de l'ironie est renforcé par le fait que l'amabilité n'est pas vraiment une qualité qui trouve à s'appliquer en horticulture. Est *aimable comme un chardon* la personne revêche, acariâtre, voire agressive.

Le *chardon* a donné son nom au *chardonneret*, petit oiseau qui se nourrit de ses graines. C'est bien la preuve que la plante est aimable à ceux qui prennent le temps de la connaître. Ceux qui ne se limitent pas aux apparences savent ainsi que l'on peut faire d'excellentes soupes d'orties, de la salade au cactus ou des pâtes aux oursins.

Et puis, certaines personnes aiment bien cette petite fleur bleue malgré son piquant. Quand on aime, on se frotte plus volontiers au chardon ardent !

Dans ma famille,
on préférait
utiliser *aimable
et son orchestre*
en référence au
célèbre accordéoniste.
Expression qu'on
utilise autant vers
Joinville-le-Pont
que Verchuren !

Laurent Ruquier

Amuser la galerie

Faire rire l'assistance

La *galerie* est au départ le porche de l'église (1316). Le mot dérive de la *Galilée*, région biblique au nord d'Israël et lieu de naissance de Jésus. Le pays de Galilée était peuplé par les « Gentils », qui n'étaient pas juifs. Les laïcs ne pouvant entrer dans l'église et, devant être convertis, on les comparait donc aux Galiléens en les confinant dans la *galerie*. Progressivement, la *galerie* a désigné tout passage couvert, puis les salles d'un musée réunissant une collection d'œuvres. Au jeu de paume, c'était l'allée couverte d'où l'on pouvait regarder les joueurs (1555). On l'a employée, par métonymie, pour désigner les spectateurs d'une manifestation sportive et, de manière générale, le public.

Amuser la galerie est attesté au moins en 1881 et signifie que l'on se donne en spectacle aux yeux du monde, de l'opinion.

Il ne fait pas bon, en sport, d'*amuser la galerie* par ses contre-performances. Cette expression est donc teintée d'une sourde critique. On l'utilise notamment pour parler des personnes qui souhaitent attirer l'attention. Comme Louis XIV qui, déguisé en soleil, voulait probablement *amuser la galerie* des Glaces...

Laurent Ruquier

Expression interdite aux mineurs, peut-être importée des États-Unis par Lafayette... À moins que ce soit un coup du footballeur Griezmann. (Comprenne qui pourra.)

Appeler un chat un chat

Appeler les choses par leur nom

Qui *appelle un chat un chat* ne fait pas de détour, de circonlocution, d'effet de style, mais dit les choses franchement. On ne peut que *se friser les moustaches* (« se régaler ») du coup de griffe du maître Boileau, qui, en deux vers, a figé dans ses *Satires* (1666) l'expression que nous connaissons aujourd'hui, en écorchant un procureur malhonnête :

> « Je ne puis rien nommer, si ce n'est par son nom ;
> J'appelle un chat un chat, et Rollet un fripon. »

Les Anglais disent *appeler une pelle une pelle* (*call a spade a spade*) et les Italiens *dire pain au pain et vin au vin* (*dire pane al pane e vino al vino*). Mais l'idée reste la même : il faut bien nommer les choses.

En français, il faut peut-être y voir aussi une allusion au sexe féminin (le mot s'est longtemps employé au masculin, avant d'être détrôné par la *chatte*). L'appel à la franchise va donc de pair avec une vulgarité à peine dissimulée.

Alors qu'en anglais, le *chat* (prononcer : *tchat*) est un « bavardage ». On l'emploie aujourd'hui pour un blabla d'internautes, qui jouent au *chat* avec la souris.

Ce qui est parfois plus facile et moins osé que d'*appeler une chatte une chatte* sous peine de propos équivoques, même si un con restera toujours un con.

Laurent Ruquier

Applaudir des deux mains

Approuver entièrement

Le geste était déjà connu des Romains, qui applaudissaient au spectacle. Le mot *applaudir*, lui, est d'une origine plus obscure. Son sens actuel de « battre des mains pour approuver » est attesté en 1531. Mais on le retrouve dans le sens plus vague de « confirmer » dès la fin du XIVe siècle.

Applaudir des deux mains est donc une curieuse expression, quand on y pense. Car à une main, on ne peut pas applaudir. Les deux mains sont de rigueur. C'est donc une redondance, un pléonasme. Mais un pléonasme accepté, car il renforce délibérément le propos. Quand on *applaudit des deux mains,* cela veut dire qu'on le fait sincèrement, avec énergie (par opposition avec le fait de battre mollement une main sur l'autre qui resterait immobile). C'est l'inverse d'*applaudir du bout des doigts,* geste plus timide, à contrecœur, qui fait moins de bruit.

Parfois, *applaudir des deux mains* se passe même de geste et s'emploie au sens figuré pour de l'admiration. On peut donc applaudir en gardant ses deux mains dans les poches. Pratique, quand il fait froid.

Laurent Ruquier

Pourquoi remettre à deux mains, quand vous pouvez applaudir dès maintenant ? Il n’y a qu’à la cérémonie des César ou des Molière qu’on n’applaudit que d’une main, ce public de pingouins prouvant souvent qu’il n’est jamais tel manchot.

Appuyer sur le champignon

Accélérer

Il n'y a pas que dans les jeux vidéo que les champignons permettent d'aller plus vite et de doubler celui qui est devant nous. À l'origine, la pédale d'accélérateur des voitures avait la forme d'une tige au bout de laquelle on trouvait une sorte de boule ou un chapeau. Elle ressemblait donc vraiment à un champignon. Malgré les progrès de l'automobile, et notamment de l'ergonomie des pédales, l'expression (rapportée en 1931) est restée dans l'usage, de même que la chanson des colonies de vacances : « Chauffeur, si t'es champion... »

En plus de l'analogie de forme avec l'accélérateur, un lien peut également être fait avec la vitesse de croissance des champignons, dont les plus rapides mettent parfois quelques heures seulement à sortir de terre. Entre *pousser comme un champignon* et *pousser le champignon*, il n'y a qu'un pied.

Champignon dérive du latin *campania*, la « campagne ». Car tout mycologue ou randonneur du dimanche sait bien que ce n'est pas en ville que l'on rencontre les meilleurs spécimens. Les champignons de Paris ne viennent pas du jardin du Luxembourg. Faudrait arrêter de nous prendre pour des truffes.

Laurent Ruquier

Il ne faut jamais aller trop vite, que ce soit en voiture ou en écrivant dans un journal. C'est ce que Pierre Dac avait fort bien prouvé dans un rectificatif resté célèbre :

« Dans notre édition d'hier, nous avons inversé la liste des champignons comestibles et celle des champignons vénéneux. Les survivants auront rectifié d'eux-mêmes… »

Au ras des pâquerettes

Qui ne vole pas haut, grossier, prosaïque, terre à terre

La pâquerette (1553) vient de la fête de Pâques, car c'est (normalement) l'époque à laquelle elle fleurit. Mais comme il n'y a plus de saison, on trouve des gens *ras des pâquerettes* toute l'année.

Cette petite plante très proche du sol a en effet laissé fleurir les métaphores. On peut l'employer pour un propos terre à terre, pragmatique, par opposition avec une conjecture éthérée, surplombante (avec l'image de l'idée, spirituelle, qui se situerait dans le ciel) : « Trêve de théories, revenons au ras des pâquerettes. »

On l'utilise aussi pour désigner quelqu'un ou quelque chose de grossier ou de simplet : « Après quelques verres, mon beau-frère est un peu ras des pâquerettes. » Sous-entendu : ce qu'il dit *ne vole pas très haut* (avec l'image de l'avion qui rase une plaine parsemée de pâquerettes).

La pâquerette est la petite sœur de la marguerite, qui lui ressemble mais dont la tige est cinq à dix fois plus longue. En milieu naturel, son principal prédateur est également la Marguerite – la vache. Il ne fait donc pas bon rester sur le plancher quand on est une pâquerette.

C'est aussi le titre d'un album d'Alain Souchon, et pas le moins réussi, puisqu'y figure la très jolie chanson *Le Baiser* : « Je chante un baiser, un baiser osé, sur les lèvres déposées... » Comme quoi Souchon reste toujours à la hauteur, même quand il effeuille la marguerite.

Avoir avalé son parapluie

Être rigide, guindé

On dit d'une personne rigide, au sens propre comme au figuré, qu'elle est *raide*. Aussi, l'image d'un manche de parapluie, d'un balai ou d'une canne, s'est naturellement imposée pour représenter cette rigidité (probablement vers la fin du XIXe siècle). Et, pour renforcer l'effet de style, on préfère la métaphore digestive à la simple analogie de forme : untel n'est pas coincé comme un parapluie, mais a littéralement le parapluie en lui. Quant à savoir par où le manche s'est retrouvé en nous, les uns choisissent la version grand public et presque circassienne (avaler), les autres celle interdite aux moins de 18 ans.

L'idée d'utiliser les parasols pour se protéger de la pluie date du XVIIe siècle (comment faisaient-ils auparavant ? me direz-vous). Le métier de loueur de parapluies voit le jour à cette période à Paris, pour permettre aux piétons de traverser les ponts et les places. Ce n'est qu'au cours du XVIIIe siècle que l'accessoire se répand et devient pliable.

Mais revenons à notre droiture. Au-delà de l'élégance des aristocrates, les médecins invitent à corriger notre posture pour améliorer notre respiration ou limiter les troubles musculaires et squelettiques. Cela favoriserait aussi la digestion. De là à *avaler un parapluie*...

Laurent Ruquier

C'est l'inverse de « rire comme une baleine », ce qui n'est pas mieux en cas de pépin. On connaît l'équivalent « avoir un balai dans le c... ». À l'inverse, avaler un balai et avoir un parapluie dans le c... n'ont jamais été essayés... À ma connaissance.

Avoir bon pied bon œil

Être vigoureux, très valide (par rapport à l'âge)

On ne dit pas des corsaires à jambe de bois et œil de verre qu'ils *ont bon pied bon œil* (1685). On réserve cette expression aux personnes d'un certain âge qui sont encore vigoureuses, sans cependant rentrer dans le détail de leur myopie ou de leurs performances athlétiques.

Passé un certain âge, il arrive que l'on soit confronté à une présomption de fragilité, de mauvaise santé, ou de manque de force. Les enfants pensent leurs parents plus faibles qu'ils ne le sont. Les employeurs hésitent à embaucher ceux que les économistes appellent, non sans mépris, les « seniors », qui seraient moins « productifs ». Alors, pour rassurer son monde et soi-même, on affirme *avoir bon pied bon œil*.

L'expression s'emploie également pour signifier que l'on est vigilant ou pour inviter quelqu'un à l'être : pour prendre garde aux embûches, il vaut mieux avoir une bonne vue et le pied assuré.

On peut cependant compenser des jambes fatiguées et une vue déclinante par une expérience accrue des situations, une culture plus importante, une certaine sagesse aussi. Malgré leur bonne santé, ce sont souvent les plus hardis qui se brûlent les ailes.

C'est une vraie question : un jeune unijambiste borgne peut-il être en meilleure forme qu'un vieillard possédant encore toutes ses capacités ? Un espion m'a dit un jour qu'il valait mieux avoir ses deux yeux pour s'épier, mais ce n'est pas une chose sûre ni même une paire...

Laurent Ruquier

Avoir d'autres chats à fouetter

Avoir d'autres sujets de préoccupation plus importants, d'autres affaires

Il faut croire que notre langue tient à rosser ces pauvres minous. L'expression *éveillé comme un chat qu'on fouette* est en effet attestée dès le XVIIe siècle. Cela donne par la suite *il n'y a pas de quoi fouetter un chat*, pour signifier qu'une faute n'est pas grave, puis *avoir d'autres chats à fouetter*, au XIXe siècle, pour dire qu'on a d'autres problèmes plus importants ou d'autres choses à faire.

Mais l'étymologie rapporte un double sens à l'expression. *Fouetter* pourrait être une déformation de *foutre* ou de *fourrer*. Quant au *chat*, ou plutôt à la *chatte*, devons-nous préciser à notre lecteur sagace qu'elle sert souvent d'argot pour désigner le sexe de la femme ? On doit ce glissement à la ressemblance avec *chas*, qui signifie « trou » ou « fente » (on parle par exemple du *chas d'une aiguille*). Jusqu'au XVIIIe siècle, le mot s'emploie d'ailleurs au masculin.

Rappelons à toutes fins utiles que la maltraitance à l'encontre des animaux domestiques est passible d'amendes et de peines de prison. Les chiens ne sont d'ailleurs pas en reste de ces violences linguistiques, car on disait encore naguère que celui qui faisait quelque chose contre son gré agissait *comme un chien fouetté*. Quelle vie de chien.

Laurent Ruquier

Ce n’est pas parce que vous avez l’impression de perdre votre temps qu’il faut pour autant aller maltraiter la cause animale. Quitte à utiliser un fouet, faites une mayonnaise ou déguisez-vous en Zorro. Moins compliqué, vous pouvez aussi dire « J’ai piscine », ce qui est plus moderne et plus rapide aussi.

Avoir du toupet

Avoir de la hardiesse, de l'assurance effrontée

Le *toupet*, dans le sens de « touffe de cheveux au sommet du crâne », vient de l'ancien français (le mot est attesté au moins en 1138). Il dérive de la langue des Francs qui employaient *top* dans le sens de « pointe » ou « bout ». Cela donne ensuite le mot anglais que l'on connaît (*top*), mais rien ne dit que Clovis approuvait les *crop tops*.

L'usage de *toupet* au sens figuré d'« aplomb » ou d'« assurance hardie » serait du début du XIXe siècle. On le doit à la métaphore avec le *front* (où se trouve la touffe de cheveux). Au XVIIIe siècle, le duc de Saint-Simon emploie dans ses *Mémoires* les élégantes expressions *le toupet lui monte* et *le toupet s'échauffe*, pour signifier qu'une personne se met en colère. Aujourd'hui, *avoir du toupet* signifie que l'on est effronté. On rencontre également *avoir le toupet de*... ou *ne pas manquer de toupet* dont le sens est équivalent.

Le *front*, lui, était déjà depuis un certain temps synonyme d'*audace* ou de *culot*. Le *toupet* en a simplement pris le relai. Comme on dit : les fronts, ça ose tout !

J'ai toujours eu cette chance comme mon père Ruquier de ne pas avoir eu besoin de complément capillaire, mais il serait culotté de ma part de me moquer de mes confrères qui en ont eu besoin et ne peuvent plus faire de jeux de mots tirés par les cheveux.

Laurent Ruquier

Avoir l'air cruche

Avoir l'air niais, bête et ignorant

Comme le *pot*, la *gourde* ou la *casserole*, la *cruche* sert à désigner, au moins depuis le début du XVIIe siècle, une personne niaise ou inculte.

Cela s'explique peut-être par le fait que, de la même façon que tout récipient d'eau peut aussi être un récipient d'air, un crâne peut être rempli ou complètement creux.

Avoir l'air cruche, c'est donc « avoir l'air vide, bête, ignare, stupide, crétin ». Mais il y a également une impression de naïveté qui se dégage des personnes cruches. Celles-ci ne savent pas vraiment si elles ont la tête pleine et présument ainsi que c'est le cas. Le meilleur moyen de ne pas *passer pour (une) gourde*, c'est donc probablement de s'abstenir de servir ses idées vaseuses aux autres.

La pauvre carafe nous a donné une autre expression : *tant va la cruche à l'eau qu'à la fin elle se casse*. Autrement dit, si on s'expose trop à quelque chose, on s'en lasse (cela fonctionne aussi pour quelqu'un qui s'expose à trop de risques et finit par le payer). À trop nager dans la bêtise, on en boit la tasse.

Laurent Ruquier

Peut se dire de quelqu'un qui reçoit un diplôme de connerie, ce qui fait de cette personne un récipient d'air. Un conseil : gardez votre contenance ou cassez-vous !

Avoir la gueule de bois

Éprouver un ensemble de symptômes désagréables (bouche empâtée, maux de tête, nausées) à la suite d'un excès de boisson

Il y a mille manières de parler d'alcool. Si le *bois* est un mot à l'étymologie millénaire et d'origine germanique, ce n'est pas aux forêts d'outre-Rhin que l'on doit l'expression, mais à la dureté du matériau qui, frappé sur notre tête, donne un sacré mal de crâne. On comprend ainsi l'allusion à l'excès d'alcool, dont c'est l'un des symptômes, de même que la bouche pâteuse et la nausée.

Cuire, c'est avant tout affronter le feu (et se faire mal). Le verbe évoque donc depuis longtemps l'idée de tourment. Plusieurs expressions dérivent ainsi de *cuire*, comme *être cuit* (début du XVIe siècle), puis, évidemment, *prendre une cuite* (seconde moitié du XIXe siècle) pour évoquer l'ivresse. Et puisque l'alcool tient chaud, l'argot a inventé la locution *chauffer son four*, qui signifie simplement « boire ». Ne reste plus qu'à se chauffer au bois.

À noter l'existence d'une autre expression : *trouver visage de bois*. Si cela semble proche de notre *gueule de bois*, c'est un faux ami. Cela se dit de la situation dans laquelle on se rend chez quelqu'un, mais qu'on trouve porte fermée et qu'il n'y a personne.

Sans vouloir mettre le doigt entre l'arbre et les Corses, voilà qui est souvent arrivé à Dutronc père et fils qui ont parfois eu du mal à aller au bout de leur tournée. Et n'oublions pas Pinocchio qui l'a eue très jeune.

Laurent Ruquier

Avoir la pêche

Avoir le moral, être en forme

L'origine de cette expression est incertaine. La pêche est issue du latin *malum persicum*, « pomme de Perse », région dont le fruit provient. Son sens de « forme physique et morale » pourrait être lié au fameux *teint de pêche* (attesté dans la seconde moitié du XVIIe siècle) qui, par sa couleur rose pâle et son aspect velouté, serait signe de bonne santé et de jeunesse. Quoi qu'il en soit, on entend *avoir la pêche* et son cousin belge *avoir la frite* depuis les années 1960. Ce qui est plus sûr, c'est qu'on doit la recette de la pêche Melba à Auguste Escoffier, qui crée le dessert à Londres à la fin du XVIIe siècle en l'honneur d'une cantatrice australienne, Nellie Melba. Mais cela n'a rien à voir.

Au-delà du fruit, *avoir la pêche dans une rivière ou un étang* était aussi jadis une locution juridique qui signifiait qu'on avait seul le droit d'y pêcher des poissons (c'est ici *piscis*, en latin, qui a donné le terme *pêcher*).

Et on dit aujourd'hui des abstentionnistes lors des élections qu'ils *vont à la pêche*, car c'est le symbole du loisir et de l'oisiveté. La démocratie n'a pas vraiment la pêche.

Laurent Ruquier

Se dit d'un petit noyau de pêcheurs heureux d'avoir trouvé du poisson dans un abri côtier.

Avoir / mettre la puce à l'oreille

Avoir l'attention éveillée, se méfier, se douter de quelque chose ; éveiller l'attention, la méfiance

Avant de prendre son sens actuel au XVIIe siècle, l'expression *avoir / mettre la puce à l'oreille* signifie pendant longtemps « avoir ou provoquer un désir amoureux » (on la retrouve dès le XIIIe siècle). La Fontaine l'utilise d'ailleurs dans ce sens dans ses contes grivois (*Contes et nouvelles en vers*, 1665) :

> « Fille qui pense à son amant absent
> Toute la nuit, dit-on, a la puce à l'oreille
> Et ne dort que fort rarement. »

Il faut dire qu'à cette époque, ces petits parasites vivent en nombre sur nos aïeuls dont l'hygiène est quelque peu douteuse. L'*épuçage* (ou *épouillage*) est alors une marque de tendresse dans un couple, et la puce un symbole de l'amour. Et puis, lorsqu'on est infesté de puces, on peut passer la nuit à se retourner dans tous les sens sans pouvoir dormir. Comme lorsqu'on est amoureux. Lorsqu'on en trouve une sur le corps de son amante ou de son amant, une tradition veut même qu'on l'enferme dans un médaillon !

Toujours est-il que ces puces, nombreuses, peuvent aussi élire domicile autour des oreilles, ce qui se traduit par de petits fourmillements pour leurs porteurs. Par analogie, ces petits bruits rappellent la rumeur, les messes basses, le bruit sourd du danger qui approche. On dit aussi d'ailleurs que *les oreilles sifflent* lorsqu'une rumeur se répand. Comme un poison dans l'ouïe.

Mon père appelait souvent ma mère « ma puce » bien qu'elle n'en ait jamais eu la taille ni même qu'elle ait jamais touché un ordinateur de sa vie. Il n'en demeure pas moins que quand elle lui chuchotait quelque chose, il avait la puce à l'oreille. Mais l'expression ne vient pas de là.

Laurent Ruquier

Avoir la tête comme une citrouille

Être fatigué après un effort intellectuel

Citrouille vient du latin *citrus*, le *citron*, du fait de sa couleur jaune. Mais nous serons tous d'accord pour dire que la citrouille est orange (en toute cohérence, devrions-nous donc parler d'une « orangeouille » ?).

La *tête*, quant à elle, a un parcours plus cabossé. Elle vient du latin *testa*, qui signifie « coquille » ou « carapace ». Probablement pour plaisanter, on commence à utiliser le terme pour désigner le crâne il y a environ un millénaire.

Quel rapport avec la citrouille alors ? En fait, la plupart des fruits à peu près ronds servent depuis longtemps à désigner familièrement la tête : *en pleine poire, c'est pour ma pomme, avoir le melon, ramène ta fraise* (p. 248), etc. Et comme la citrouille est très enflée, et pas vraiment sphérique, elle illustre bien l'idée selon laquelle, lorsqu'on est fatigué, on en a *plein la tête* au point de nous la déformer. Cet usage remonterait au XXe siècle.

Mais c'est une image, bien sûr. Car le seul moyen de croiser de vraies têtes de citrouille, c'est de sortir le soir d'Halloween.

Laurent Ruquier

Ça peut arriver
si on travaille tard
au bureau et que
les mégots se sont
accumulés dans
le Cendrillon sans
s'apercevoir qu'il est
déjà minuit.

Avoir la tête dans le cul

Être mal réveillé, dans un état second

Les gens fatigués nous ont donné une liste interminable d'expressions pour évoquer leur état. Vaut-il mieux *avoir la tête dans le cul, dans le pâté* ou bien *dans le sac* ? Diriez-vous le matin que vous *êtes* plutôt *à l'ouest, au radar, dans le gaz* ou bien *dans le coaltar* (un goudron obtenu grâce au charbon) ?

Le *cul* n'a pas toujours eu une connotation vulgaire. On interdit aux enfants de l'employer seulement à compter de la seconde moitié du XVIIe siècle. Si on dit d'une personne mal réveillée qu'elle *a la tête dans le cul*, c'est tout simplement parce que cette image un peu grivoise fait penser à une mauvaise vue ou à une position inconfortable. Car c'est un sacré effort de souplesse que de se retrouver cul par-dessus tête !

L'expression s'utilise aussi parfois lorsqu'on a un peu bu la veille. Comme dans la chanson de Tryo (*Désolé pour hier soir*, 2003) :

> « Désolé pour hier soir d'avoir fini à l'envers. La tête dans l'cul, l'cul dans l'brouillard [...]. »

Il y a deux choses qu'on ne recommande pas vraiment aux gens touchés par l'*encéphalorectomie* (nom faussement savant de *la tête dans le cul*) : *avoir la grosse tête* ou *le feu au cul*. Autrement dit, de bon matin, ne vous prenez pas trop au sérieux et prenez votre temps.

Si c'est la vôtre, c'est que vous avez un peu abusé la veille, mais si c'est celle de quelqu'un d'autre, c'est que vous êtes chez le proctologue ou en train de vous amuser, et cela ne nous regarde plus.

Laurent Ruquier

Avoir l'estomac dans les talons

Avoir très faim

Quel drôle de mélange anatomique ! Je ne suis pas médecin, Dieu m'en préserve, mais je suis à peu près sûr qu'un estomac n'a rien à faire dans les pieds. Le grec *stomakhos* signifie en français « gorge » ou parfois « orifice ». C'est vraisemblablement le sens qu'a gardé un certain temps l'*estomac*. Au XIIIe siècle, il désigne, en anatomie, l'appareil digestif en général. Les médecins affinent ensuite progressivement la description des organes. Dans le langage courant cependant, à partir du XIVe siècle, c'est un équivalent de *poitrine* ou de *cœur*, notamment parce que *poitrine* devient vulgaire (XVIIIe siècle).

Estomac a donné mille et une expressions pour évoquer l'appétit. *Avoir un creux (dans l'estomac)*, c'est « avoir très faim », comme si l'organe était un panier percé. *Avoir un estomac d'autruche* se dit des gens qui peuvent manger n'importe quoi, comme ces poules à grandes jambes. En matière de pieds, il ne faut pas confondre l'*estomac sur pattes*, qui a tout le temps faim, et l'*estomac dans les talons*, qui est une faim conjoncturelle, momentanée. Pour cette dernière expression, on disait aussi parfois par le passé que l'*estomac était sur les talons*. Quoi qu'il en soit, on la doit à l'image exagérée de l'estomac qui s'agrandit au point de toucher les pieds. Et s'il continue de descendre, il risque de *crever la dalle*.

(Ce dernier mot n'a rien à voir avec une dalle de béton, la *dalle* étant une sorte de gouttière et, par extension, un synonyme familier de *gosier*.)

Laurent Ruquier

Cette expression fut utilisée pour la première fois par un couple qui surprit son fils zoophile prénommé Thomas en train de faire l'amour à son cheval. La mère fut choquée, mais le père, plus tolérant, la réfréna par cette phrase désormais célèbre : « Laisse Thomas dans l'étalon. » De joyeux boute-en-train ont ensuite détourné la formule.

Avoir le bras long

Avoir du crédit, de l'influence

Quand on *a le bras long*, mieux vaut avoir de grandes poches ! Au sens figuré, le *bras* évoque le pouvoir ou la force. Cet usage figuré est entré dans le langage courant au XIVe siècle. Mais le bras est déjà symbole de puissance dans la religion chrétienne, où le Christ a parfois pour surnom *bras du Seigneur* (*bracchium domini*). Le *bras droit*, c'est aussi celui sur qui on peut compter.

Depuis le XIXe siècle, *avoir le bras long* désigne par métaphore l'influence importante de quelqu'un qui dispose de l'entregent, des contacts utiles et bien placés. Le bras, c'est en effet ce qui permet l'action, de faire avancer les choses, de travailler. Et plus il est long, plus l'influence est censée être importante.

À l'inverse, ceux qui la jouent *petit bras* sont, dans le vocabulaire sportif depuis le XXe siècle, ceux qui « ne se donnent pas à fond ».

C’est un avantage physique qui peut vous permettre de refaire vos lacets sans vous baisser, mais c’est vrai qu’on dit plutôt ça de quelqu’un qui connaît du monde et même du monde généralement haut placé, et plus c’est placé haut, plus il faut avoir le bras long. Ça n’a pas empêché Abraracourcix d’être le chef des Gaulois à une époque où il n’avait pas de réseau.

Laurent Ruquier

Avoir le cul bordé de nouilles

Avoir beaucoup de chance

Voilà une drôle d'idée. On disait déjà de celui qui ne manque pas de veine : « Il a du cul ! » Alors quel besoin d'y ajouter des nouilles ?

L'expression n'a pas d'origine identifiable avec certitude, mais elle s'emploie depuis le milieu du XXe siècle (dans le sport au départ) pour désigner de manière pas très fine que quelqu'un a de la chance.

Plusieurs explications ont été proposées, mais elles doivent être prises avec des pincettes (ou plutôt, des baguettes). Certains avancent que l'expression serait née dans le sud de la France, où l'on aime assez se moquer des voisins italiens (mangeurs de pâtes). D'autres racontent qu'il s'agirait d'une métaphore sur les relations homosexuelles en milieu carcéral (la *nouille* étant aussi synonyme du *pénis*), car celui qui accepterait de se prêter au jeu y trouverait quelque avantage.

Le français emprunte sa *nouille* à l'allemand *nudel* dans les années 1760 (nous avions cependant déjà un équivalent avec *nulle*, attesté un siècle plus tôt). Bien qu'il désigne un type particulier de pâtes, on l'emploie souvent familièrement pour les désigner toutes (surtout dans l'est de la France) – même si *ça fait un peu nouille*.

Moi qui aime les pâtes, je ne suis pas certain que j'irais les chercher jusque-là et je me demande si c'est vraiment une chance, sauf peut-être pour ceux qui ont le derrière comme une passoire. Notons que la contrepèterie *avoir le nu bordé de couilles* est plus réaliste, au fond.

Laurent Ruquier

Avoir les chevilles qui enflent

Être prétentieux

Pas besoin de se tordre la cheville pour la voir enfler. Il suffit de se prendre un peu trop au sérieux...
Quel rapport entre la prétention et les articulations ? L'expression *avoir les chevilles qui enflent* découle d'un jeu de mots avec le personnage mythologique Œdipe (vous savez, celui qui tue son père, épouse sa mère et devient ensuite psychanalyste), dont le nom en grec, *Oidípous*, signifie « pied enflé ». Œdipe ayant la réputation d'être quelqu'un de trop assuré dans ses avis, ne doutant jamais de lui-même, on désigne les gens prétentieux par la grosseur de leurs pieds. On imagine que l'enflure s'est ensuite déplacée aux chevilles voisines.

On simplifie aussi assez souvent la phrase en ne mentionnant que les chevilles, comme dans *Vous auriez vu ses chevilles !* ou encore *Attention les chevilles !*

Si ceux qui *ont les chevilles qui enflent* ont du mal à enfiler leurs chaussures, ceux qui *ont la grosse tête* (*avoir la tête qui enfle* est attesté au XIVe siècle et pourrait avoir influencé *les chevilles*) ont, dit-on, *du mal à passer la porte*. Et ces mêmes personnes, en se pavanant, bombent parfois le torse. Tout cela mis bout à bout, ce n'est plus seulement être fier, c'est être carrément montgolfière !

Laurent Ruquier

Sans vouloir faire de jeux de mots laids, ceux qui ont les chevilles qui enflent nous cassent souvent les pieds et finissent même par nous gonfler jusque bien au-dessus du genou. C'est surtout embêtant quand on porte un bracelet électronique, mais généralement on ne s'en vante pas.

Avoir les jambes coupées

Être incapable de marcher, ne plus avoir de force ; *par extension*, être frappé de stupéfaction, d'étonnement

Celui qui *a* vraiment *les jambes coupées* a du mal à avancer. Alors que celui qui les *prend à son cou*, au contraire, va très vite. Et ceux qui s'adonnent aux *parties de jambes en l'air* ont plutôt le souffle coupé.

Un choc psychologique important peut conduire à une perte de connaissance ou à ce que nos jambes nous lâchent. D'ailleurs, il arrive aussi que l'on prépare quelqu'un à l'annonce d'une grande nouvelle en lui disant : « Assieds-toi ! » La fragilité des jambes est aussi parfois la conséquence d'un pincement de nerf, d'un effort musculaire intense, ou même de maladies beaucoup plus sérieuses.

Avant de désigner les membres inférieurs des humains, on employait *jambe* pour les animaux, notamment les chevaux. Les *jambes coupées* désignent aujourd'hui aussi bien la peur que le découragement et l'absence de force. On ne sait pas vraiment quoi faire lorsque cela nous arrive, alors on se rassure en se disant que quelqu'un nous sortira de là. Un pansement sur une jambe de bois.

Au début de la télévision, cela arrivait surtout aux speakerines qui n'avaient pas un métier très fatigant, mais qu'on appelait les « femmes-troncs ». On a même longtemps raconté que la présentatrice Noële Noblecourt fut licenciée pour avoir montré ses genoux. J'imagine que les bras vous en tombent.

Laurent Ruquier

Avoir un chat dans la gorge

Être enroué

Il n'y a pas que Patrick Bruel qui peut *casser la voix*. C'est un organe fragile. Quand on est malade, la voix peut vite dérailler, devenir rauque, perdre son amplitude et son timbre. On dit alors parfois qu'on *a un chat dans la gorge*. L'expression est attestée au moins en 1835. Pour la comprendre, il suffit d'imaginer qu'on a, au fond de la gorge, une boule de poils de la taille d'un minou. À côté de ça, une petite toux, c'est du pipi de chat. Sauf s'il miaule à la quinte.

Alors même qu'on dit qu'*il faut appeler un chat un chat* (p. 24), on passe notre temps à utiliser nos amis les félins dans des expressions curieuses. Lorsqu'on écrit petit ou de manière peu lisible, on a une *écriture de chat* (par jeu de mots entre la *griffe* et le *greffe*). Lorsqu'on ne regarde pas la marchandise avant de payer, on *achète chat en poche* (*poche* étant synonyme de *sac*, qu'on n'ouvre pas pour voir à quoi ressemble le chat). Sans compter que le *petit chat* est très souvent un surnom affectueux et niais dans un couple ou pour les enfants. On pourrait continuer longtemps cette liste. Elle montre bien qu'on *a donné notre langue aux chats*.

Laurent Ruquier

C’est dans ce cas précis qu’on va chez le pharmachien et qu’on demande « un sirop pour matou », une façon au poil de s’en débarrasser.

Avoir un cœur d'artichaut

Être inconstant en amour

Le cœur ne devient l'organe de l'amour qu'au XVIIIe siècle. Auparavant, c'est plutôt le siège de l'âme. Aussi, quand Blaise Pascal écrit que « le cœur a ses raisons que la raison ne connaît point », il est question de religion, et non pas d'amour. Et la plupart des gens se trompent donc en le citant.

Le cœur humain a donné tout un tas de jeux de mots avec le *cœur* des légumes, le centre, souvent la partie la plus convoitée. Le cœur de l'artichaut est en fait le bourgeon de sa fleur. Il est protégé par des feuilles que nous consommons également, les bractées. Nous enlevons les poils qui, en grandissant, donneraient les fleurs violettes. Et nous mangeons le *fond* de l'artichaut, que l'on appelle le *cul* jusqu'au XVIIe siècle. Quand on dit que certains ont les affaires de cœur mal placées…

Catherine de Médicis rapporte l'artichaut d'Italie à la Renaissance (*articcioco*, dit-on en lombard), mais les *cœurs d'artichaut* sont volages depuis le milieu du XIXe siècle environ. Il faut imaginer un cœur que l'on pourrait effeuiller méthodiquement comme un artichaut. L'expression est une version abrégée du proverbe « Cœur d'artichaut, une feuille pour tout le monde ». À cette image s'ajoute une réputation d'aphrodisiaque, faisant que les jeunes filles n'ont pas le droit d'en consommer au XVIIe siècle. Un légume archichaud.

Artie Shaw, de son vrai nom Arthur Jacob Arshawsky était un célèbre clarinettiste de jazz connu aussi pour avoir multiplié les conquêtes féminines : Lana Turner, Ava Gardner, Evelyn Keyes, Kathleen Winsor, Elisabeth Kern... Disons qu'il devenait facilement dur de la feuille, ce qui ne fait que confirmer l'expression.

Laurent Ruquier

Avoir un grain

Être un peu fou

En référence à la petite taille des grains de sable ou de blé, le mot *grain* s'emploie depuis 1200 environ pour désigner une petite quantité. Lorsque quelqu'un est un peu loufoque, on dit (depuis 1640) qu'il ou elle *a un grain de folie* (parfois *de fantaisie*). En forme abrégée, et un peu plus péjorative (attestée en 1740 au moins), cela donne *avoir un grain*. On le dit d'une personne pas très rationnelle, sans pour autant qu'elle soit bonne pour l'asile.

Avoir un grain peut avoir du bon, car la folie peut être créative ou permettre de vivre sa vie à fond, pour que de la joie *le grain ne meurt* (que la plante puisse pousser). Si ceux qui *mettent leur grain de sel* (s'immiscent de manière inopportune) dérangent, c'est pourtant celui-ci qui relève le goût. Sachons donc *séparer le bon grain de l'ivraie*.

Quant à *veiller au grain*, ce n'est pas une affaire d'agriculteur consciencieux ou d'infirmier de psychiatrie, mais de marin qui guette les signes avant-coureurs de la pluie (parfois appelée « grain »). Les patrons, eux, *veillent au gain*. C'est moins fin.

Laurent Ruquier

C'est le célèbre
Jacques Vabre qui,
rentrant du Brésil,
apprit que sa mamie
avait tué son mari parce
que celui-ci lui avait
apporté le café au lit
en lui précisant : « Tu n'as
plus qu'à le moudre ! »
Sur un coup de folie,
elle s'empara du fusil
accroché au mur et le tua.
D'où la célèbre phrase
de Jacques Vabre :
« Mais qu'a fait
grand-mère ? »

Avoir un pet de travers

Être mal disposé, de mauvaise humeur

« Saint Augustin allègue avoir vu quelqu'un qui commandait à son derrière autant de pets qu'il en voulait », raconte Montaigne dans ses *Essais* (I, XXI, 1580). On ne me l'a jamais raconté au catéchisme. Il faut croire qu'en matière religieuse, on préfère les pets droits divins.

Lorsque quelqu'un est de mauvais poil (de cul) sans raison manifeste, on dit qu'il ou elle *a un pet de travers*. Cela peut aussi signifier que l'on « souffre de manière passagère d'une indisposition physique bénigne dont on ignore la cause ». Le *pet* a dans tous les cas le sens de « chose sans gravité ». Et il faut s'imaginer une flatulence qui ne voudrait pas sortir par le bon endroit, mais par un chemin de traverse : forcément, ça marche beaucoup moins bien.

De longue date (au moins l'an 1200), le *pet* a désigné quelque chose qui n'avait pas d'importance. À la fin du XIXe siècle, on l'a même renforcé en inventant *ça ne vaut pas un pet de lapin*. On était sûrement fâché avec les crottes de bique. *S'inquiéter pour un pet de travers*, c'est donc s'alarmer pour peu de chose, surréagir.

On tirerait plutôt un pet d'un âne mort, dit-on aussi parfois des avares qui ne sortent pas un sou de leur bourse. Voilà un désagréable travers.

Ça arrive souvent
dans les familles prout
prout qui, à la moindre fuite
de gaz, vont être contrariées,
surtout si la flatulence en
question est non seulement
odorante, mais également
bruyante. On a appris depuis
qu'il valait mieux éviter
de dire à la personne sise
à vos côtés « J'espère que
ça restera entre nous », au
risque de se voir répondre
« Moi, j'espère plutôt que
cela va se dissiper »...

Laurent Ruquier

Avoir un poil dans la main

Être très paresseux

Ce qui compte avec le poil, c'est bien l'endroit où on l'a. Qui *a du poil au cul* (1867) ou *aux pattes* « a du courage » (le poil étant vraisemblablement associé à l'image d'une certaine virilité). Qui *a un poil dans la main* est, au contraire, un feignant de première. Cette expression est apparue au tournant du XIXe siècle (1808). Elle sert à se moquer des paresseux, qu'il faut imaginer avec un gros poil au centre de la main qui les empêcherait de s'en servir. On l'utilise aussi pour évoquer des élèves ayant du potentiel, mais partisans du moindre effort et se reposant sur leurs facilités.

Le poil nous a donné mille et une locutions. Lorsque quelque chose est loupé *à un poil* (1926), c'est que ça ne tombe pas *pile-poil* (1907). Dans *être de mauvais poil* (1833), le pelage a le sens de tempérament. Quant à l'expression *avoir du poil de la bête* (XVIIe siècle), elle viendrait d'une croyance populaire (déjà rapportée par Pline l'Ancien au Ier siècle) selon laquelle, après avoir été mordu par un animal, il faudrait appliquer sur la blessure du poil de la bête (qui nous a attaqué) pour guérir. Médecine fort douteuse : certains ont dû y laisser des plumes.

Laurent Ruquier

**C'est évidemment
le cas du paresseux
qui l'est particulièrement
dans les mots croisés
puisqu'on ne l'écrit alors
plus qu'en deux lettres.
La présence d'ampoules
dans une main prouve au
contraire que vous êtes
travailleur. Claude François
l'a d'ailleurs montré à ses
dépens un jour où il aurait
mieux fait de laisser
faire le travail à un
électricien.**

Avoir une araignée au plafond

Avoir l'esprit quelque peu dérangé ; être fou

Cette expression serait née dans l'argot des bordels parisiens du XIXe siècle (les prostituées ayant souvent été reléguées à l'écart des villes, à ses *bords*, les maisons closes ont, dès le XIVe siècle, eu des noms proches du *bordel*). Le plafond, c'est la tête (comme dans *être bas de plafond*, p. 162). Quant à l'araignée, elle vit souvent dans les endroits poussiéreux et mal entretenus. La personne qui *a une araignée au plafond* ou *une araignée dans le plafond* est donc un peu détraquée, bizarre, dingue. Comme si une petite bestiole faisait sa vie dans le crâne et dictait un comportement déraisonnable.

De même que la prostitution, les toiles d'araignée se tissent dans la pénombre, à l'abri des regards. Cette gouaille interlope (suspecte) aurait dû nous *mettre la puce à l'oreille* (p. 46).

Ne dites pas aux membres (souvent velus) de l'amygale des fans de Spiderman qu'ils sont fous sous prétexte qu'ils se font une toile en projetant leur film au plafond, de manière à le regarder couchés. Ils pourraient prendre la mouche.

Laurent Ruquier

Avoir une tronche de cake

Avoir une tête d'imbécile

La *tronche*, dérivant du « tronc » d'arbre, désignait à l'origine la bûche (1298). C'est aussi le nom que l'on a donné plus spécifiquement à la grosse bûche que l'on faisait brûler le soir de Noël et qui a, par analogie, donné son nom au gâteau. Vers les années 1600, la *tronche* a également pris familièrement le sens de « tête », mais l'argot du XIXe siècle a parfois transformé la *tronche* en *tranche* (*en avoir une tranche* signifiait par exemple « être idiot »). Dans la seconde partie du XXe siècle, on commence à rencontrer *tranche de cake* pour désigner quelqu'un de stupide. Le passage à la *tronche de cake* s'expliquerait par un calembour avec l'occitan *quéco*, signifiant « nœud » ou « pénis ». Autrement dit, la *tronche de cake* est une « tête de nœud ».

Cela n'a donc pas grand-chose à voir avec le gâteau que les Anglais appellent *cake* depuis plus de mille ans. Bien qu'ils aient tout à apprendre des Français en matière de pâtisserie, nous avons quand même emprunté le terme outre-Manche pour désigner des desserts de forme allongée, souvent aux fruits et préparés par grand-mère. C'est la fameuse tranche de gâteux.

Laurent Ruquier

Il ne faut vraiment pas être diplomate pour insulter ainsi quelqu'un qui aurait un physique qui le dessert. Cerise sur le gâteau, ça ne porte pas toujours ses fruits.

Avoir vu le loup

Avoir de l'expérience en amour ; ne plus être vierge

Avoir vu le loup se dit d'une jeune fille qui n'est plus vierge (ce sens est du XVIIIe siècle). Cette allusion sexuelle pourrait découler du conte du *Petit Chaperon rouge* (issu d'une longue tradition orale avant d'être mis à l'écrit par Perrault ou les frères Grimm) ou plus simplement de la comparaison entre les loups et les hommes, prédateurs nyctalopes et malintentionnés. Au masculin, le *loup* est souvent synonyme de danger, mais aussi parfois de lubricité. Au XVIe siècle, on appelle l'acte sexuel *danse du loup*. Quant à la *louve*, elle désignait la prostituée chez les Romains (*lupa*). C'est d'ailleurs ce sens qui nous a donné le *lupanar*, autre nom de la maison close.

Voir le loup, ce n'est heureusement pas toujours croiser sur son chemin un prédateur sexuel. Et la virginité n'est plus vraiment une obsession sociale comme ce fut longtemps le cas. Mais ce n'est pas non plus une raison pour laisser entrer le loup dans la bergère...

Laurent Ruquier

Cette façon d'affirmer que le Petit Chaperon rouge ne serait plus vierge, sous prétexte que cette fillette délurée se promène avec un petit pot de beurre, me paraît un peu légère. Les Trois Petits Cochons ont vu le loup eux aussi et ça n'en fait pas des gros cochons pour autant.

Bayer aux corneilles

Perdre son temps en regardant en l'air niaisement ; rester sans rien faire

De même qu'on confond souvent *corneille* et *corbeau* (tous deux amateurs de vers de terre), dont l'étymologie est la même, on s'emmêle souvent les pinçons sur l'origine de cette expression, qui est la préférée des cancres (certainement pas amateurs de vers de Racine).

Bayer aux corneilles (1662) pourrait trouver son origine dans le fait que *corneille* est, au Moyen Âge, synonyme d'« objet quelconque » ou « sans valeur ». Celui qui reste bouche bée devant des corneilles perd donc son temps. L'explication pourrait même être plus littérale : celui qui *baye aux corneilles* rêvasse tel le chasseur qui regarde une corneille, oiseau sans valeur marchande ni gastronomique.

Mais cela ne convainc pas tous les spécialistes, et certains considèrent que l'expression viendrait d'un glissement paronymique du mot *corniole* qui, au XVIIe siècle, signifie « gosier » ou « gueule ». Lorsqu'on baye, on a donc la corniole ouverte.

La querelle étymologique autour de ce dilemme cornélien n'est pas éteinte. Quoi qu'il en soit, la pauvre corneille, non contente d'être un oiseau de mauvais augure, est aussi considérée comme sans intérêt. Le sort s'acharne sur le volatile : quelle tragédie de Corneille !

Ça m'est souvent
arrivé aux Molières !
Il faut dire que
cette cérémonie
interminable nous
donne l'impression
de prendre Racine,
surtout quand on
attend, comme moi,
une récompense
qui ne viendra jamais.
À la fin, ch'expire !

Laurent Ruquier

Bourré comme un coing

Être complètement saoul

Certains aiment les pommes à l'huile, d'autres être *bourrés comme des coings*. Par une variante plaisante et populaire du XXe siècle, *bourré* est devenu *beurré* dans certaines expressions, pour évoquer un état avancé d'ivresse (on appelle ce glissement un « paronyme »). Les Nantais peuvent donc dire d'un pochtron qu'il est *beurré comme un petit Lu* (l'usine du coin).

Quant au *coing*, son nom viendrait du grec *kudonia mêla*, signifiant « pomme de Cydonia » (ville antique du nord-ouest de la Grèce). Le fruit âpre du cognassier sert, comme le citron, à parler d'un teint de peau très jaune (comme dans l'expression *être jaune comme un coing*). Et c'est probablement de là que vient le lien avec l'alcool qui, en endommageant le foie, donne un teint cireux, jaunâtre. D'ailleurs, la *cirrhose* vient du grec *kirros*, qui signifie « roux ».

Diriez-vous que cette petite histoire de beurre ferait une bonne huile de livre ?

Laurent Ruquier

On se demande bien pourquoi il a fallu convoquer le fruit du cognassier pour évoquer quelqu'un de *rond comme une queue de pelle*, à moins que vous ne cognassiez pas non plus l'expression *être beurré comme une biscotte*. La cuite au prochain numéro.

Bisque, bisque, rage !

Nananère

Les écrevisses tempétueuses font-elles de bonnes bisques d'orage ? Le mot *bisque*, d'origine normande, désigne d'abord un potage à la viande que l'on sert chez les seigneurs, selon Furetière (1684), avant d'être le nom d'un coulis de crustacés (XIXe siècle). Mais le verbe *bisquer* (« enrager, éprouver du dépit ») n'a pas la même origine. Il a probablement dérivé du provençal *biscar* (1704), signifiant « être de mauvaise humeur » ou « pester ». Mais certains considèrent qu'il découlerait plutôt de *bisco*, la « chèvre » (qui donna *bique*), car le sens de *bisquer* est proche de « devenir chèvre ». Mais cela n'est pas assuré.

Avant d'être une chanson de Richard Anthony (1961), la formule enfantine et familière *Bisque, bisque, rage !* (origine incertaine, probablement au XIXe siècle) servait à énerver et moquer en même temps. Un peu comme *nananère*. Encore une expression à la crotte de bisque.

Je crois que cette expression a été lancée par Godefroy de Bouillon pinçant un gros plein de soupe qui a cru-s'-tasser en lui piquant un homard un jour où il était dans le potage. Je ne l'ai jamais réentendue depuis.

Blague à part

Sérieusement, toute intention de plaisanterie mise à part

La *blague* est un mot d'origine germanique ou hollandaise signifiant d'abord « petit sac » (on parle encore aujourd'hui d'une *blague à tabac*). Par extension, puisqu'un sac rempli d'air peut faire illusion sur son contenu, la *blague* a évoqué le « mensonge » puis l'« histoire inventée pour amuser » (1809) – le mot *bidon* a suivi à peu près la même évolution. Ce sens, très présent à Paris et dans les romans de Balzac dans la première partie du XIXe siècle, s'est progressivement répandu au point de supplanter le sens premier du « sac ». Outre la « plaisanterie », la *blague* désigne ainsi de manière générale la légèreté et l'insouciance (*à la blague* signifie qu'on ne prend pas quelque chose au sérieux).

Avant de parler de quelque chose sérieusement, on commence parfois par la petite locution *blague à part* (qu'on retrouve en 1856 chez Flaubert), pour montrer qu'on souhaite écarter d'avance toute interprétation ironique. Jadis, on utilisait aussi *blague dans le coin* (1861). Quand quelque chose nous semble trop évident, on peut aussi s'exclamer *sans blague* ! Clowns s'abstenir.

Laurent Ruquier

Quand on mangeait
un Carambar, il valait
en effet mieux s'isoler pour
ne pas être surpris en train
de rire avec du caramel entre
les dents. On se souvient
de l'histoire du vieux qui
dérange tout un cinéma dans
le noir parce qu'il a laissé
tomber son Carambar.
Les autres spectateurs
s'énervent qu'il les dérange
pour si peu et il explique :
« Oui, mais j'ai mon
dentier autour... »

(Être) bouché à l'émeri

(Être) particulièrement borné et fermé

L'*émeri* est une roche qui, une fois réduite en poudre, est très abrasive et permet de polir le verre et le diamant. Le *papier d'émeri* (1866), à cet usage, était auparavant très répandu.

Les œnologues amateurs savent que le bouchon d'une carafe à vin est poli de telle manière que l'air ne peut pas passer. C'est donc assez logiquement en parlant d'un bouchon qui s'adapte parfaitement au goulot d'un flacon qu'on a d'abord employé *bouché à l'émeri*. L'expression a ensuite servi à désigner une personne particulièrement fermée (1897), ne voulant rien comprendre. Elle a pris la suite et renforcé la locution *esprit bouché* (1690), au sens identique mais moins imagé.

Pousser le bouchon un peu trop loin (« exagérer ») nous vient en revanche du vocabulaire des terrains de pétanque - où le pastis remplace le vin et où la moindre sardine bouche le port de Marseille.

Cette expression a été modernisée il y a peu. On dit désormais *boucher à l'Aymeric* à propos d'un artisan commerçant qui continue à proposer de la viande au plus célèbre des végétariens français, Monsieur Caron.

Laurent Ruquier

Un boute-en-train

Une personne qui met de l'ambiance

Bouter est un mot archaïque et littéraire pour dire « pousser » ou « frapper ». Comme dans « Boutons les Anglais hors de France ! » Être *en train*, c'est être « en mouvement, en humeur d'action ». Le *boute-en-train*, littéralement, nous pousse à nous (é)mouvoir, incite notre humeur.

On retrouve le *boute-en-train* dans le *Dictionnaire de l'Académie française* au XVIIIe siècle (1694), mais il s'agit d'un bijou, plus précisément d'une broche, portée sur le sein. Dans son édition de 1718, il s'agit… d'oiseaux ! Ce sont des volatiles qui, entourés de leurs semblables, les incitent à chanter. Mais l'auguste aréopage de lettrés mentionne également un sens figuré :

> « On appelle aussi de la sorte dans le style familier et bas, un homme de plaisir, qui excite les autres, et qui les met en train. »

L'excitation peut même être lubricité : dans un haras, le boute-en-train est le cheval que l'on fait s'approcher des femelles pour savoir si elles sont en chaleur. Une fois qu'il rend son verdict, il reste avec la jument le temps de brusques ruées et préliminaires, puis laisse sa place, pour la reproduction, à l'étalon de compétition. Qui a intérêt à ne pas manquer d'entrain !

Laurent Ruquier

Voilà qui dément bien l'expression *femme qui rit, femme à moitié dans ton lit* puisque le boute-en-train n'est là que pour les préliminaires, et que c'est un autre cheval qui va concrétiser. C'est souvent vrai chez les humains aussi. Vous faites rire une jolie fille toute une soirée, mais c'est avec le surfeur ou le guitariste qu'elle va rentrer. Voilà pourquoi, personnellement, après avoir bien fait rire ces dames, je décidai un jour de rentrer avec le surfeur.

C'est (ce n'est pas) de la petite bière

C'est (ce n'est pas) une bagatelle sans importance

La *bière* s'est diffusée en Europe grâce aux ordres monastiques et a remplacé l'antique cervoise (qui n'était pas parfumée au houblon). Le mot vient du verbe latin *bibere*, qui signifie « boire » (au cas où vous ne sauriez pas quoi en faire). Si la bière s'obtient généralement avec de l'orge (malt), on peut en brasser en fermentant du moût de riz ou même de banane. Les premières bières ont probablement été servies entre 4000 et 6000 ans avant notre ère, avant l'invention de l'écriture (environ 3000 avant notre ère) !

Au XVIIe siècle, la *petite bière* est celle que l'on brasse avec du grain qui a déjà servi à faire de la bière (la *forte bière*). Depuis 1790, on dit *c'est de la petite bière* ou *ce n'est pas de la petite bière* pour dire que quelque chose est ou n'est pas digne d'intérêt.

Lorsqu'on enterre un géant, on a bien besoin d'une grande bière : *bière* est en effet également un synonyme de *cercueil* (son étymologie est différente – le francique *bëra* signifiant « civière »). Quand une *mise en bière* s'est bien passée, les croque-morts doivent *boire du petit lait* (être satisfaits). Mais ils ont la retenue de ne pas se faire mousser.

C'est un certain
Julien Gnognotte, cousin
de Pierre Brasseur, lui-même
père de Claude Brasseur
et grand-père d'Alexandre,
qui, venant applaudir
au théâtre le premier
Brasseur de la famille,
le félicita ainsi pour
la pièce qu'il venait de boire.
D'après un témoignage
sous pression
de Jacques Demy...

Laurent Ruquier

C'est la débandade

C'est le désordre, la confusion

Dans le vocabulaire militaire, *débander* (1550) est un mouvement de dispersion de tout ou partie des troupes (pour fuir, pour piller, ou pour créer la confusion). Le mot a pris le sens plus large d'« éparpiller » au XIXe siècle.

On utilise peu le verbe, alors que l'on entend souvent *débandade* (dès 1604), s'agissant d'un groupe (armé ou non) qui rompt les rangs dans le désordre. C'est assez naturellement que le mot a pris le sens plus général de « confusion » (comme dans *à la débandade*).

Quand une situation part dans tous les sens, *en eau de boudin* (XVIIe siècle) ou *en cacahuète* (XIXe-XXe siècles), on peut amèrement affirmer que *c'est la débandade*. Napoléon, quant à lui, avait la *bérézina*, du nom de la célèbre retraite à la fin de sa campagne de Russie (1812). Pourtant, cette bataille, aujourd'hui synonyme d'échec cuisant, est une réussite stratégique puisque les troupes françaises (qui n'étaient pas débandées) réussissent finalement à franchir la rivière Bérézina. Mais le tribut est lourd en vies humaines et l'Empereur, qui guerroie *sans débander* (« sans interruption », par allusion au sexe), doit admettre qu'il est un peu dans le dur.

Laurent Ruquier

Un coup de mou
en plein champ
de bataille, cela arrive
généralement après
en avoir vu des dures.
Il est alors temps
de se retirer, à l'amour
comme à la guerre.

Ça l'a pris comme un lavement

Ça l'a pris brusquement

D'abord terme d'église (le *lavement des pieds*), le *lavement* prend par la suite un sens moins catholique, puisqu'il désigne une injection de liquide par l'anus dans le gros intestin, notamment à des fins médicales (on le retrouve sous la plume du médecin Ambroise Paré en 1628).

Au sens figuré, un *lavement* (1877) est une personne qui nous est désagréable (à l'image de l'acte thérapeutique pénible). On commence à rencontrer *pressé comme un lavement* à la fin du XIXe siècle dans la région de Lyon. Cela permet de faire référence à la colique sans la mentionner explicitement.

Aujourd'hui, *ça l'a pris comme un lavement* (XXe siècle) convoque toujours l'image obscène d'une urgence subite et digestive. On l'utilise plus généralement pour parler d'un changement impromptu de comportement ou d'un départ précipité. Si ce genre d'inconstance ne vous dérange pas, c'est que vous êtes plutôt bonne poire…

C'est une expression très courante, restée dans les annales parce que employée pour la première fois dans le célèbre roman *Les Clystères de Paris* : l'histoire d'un diariste interrompu en pleine écriture par un ami médecin venu lui proposer de prendre une petite poire.

Laurent Ruquier

Calme ta joie !

Calme-toi !

Rien à voir avec les *filles de joie*, souvent moins heureuses qu'elles ne le laissent paraître pour contenter la joie mâle.

On propose ironiquement à une personne qui manque d'enthousiasme de *cacher sa joie*. À l'inverse, on ordonne à celle qui s'enthousiasme trop vite de *calmer sa joie* (comme on dirait *calmer une douleur* ou *calmer une bête sauvage*). Et celui qui cache sa joie et qui nous impose de calmer la nôtre s'appelle le *rabat-joie* (XIVe siècle). C'est un caractère sujet à la négativité, qui guette le malheur prochain et se refuse à manifester son contentement.

Jusqu'au XIVe siècle, *joie* pouvait aussi signifier « bijou » dans un usage populaire (on utilise encore aujourd'hui son cousin proche, le *joyau*). Peut-être avait-on conscience à cette époque de l'importance de polir et de protéger ces moments de bonheur indociles qui ne se cachent pas pour mûrir, mais vivent en pleine lumière.

Laurent Ruquier

La réponse à cette phrase très désagréable est signée Jean-Sébastien Bach avec son morceau *[Jésus] que ma joie demeure.* Que vous y croyez ou pas ! À noter aussi que les habitants de la capitale marocaine sont les Rabatais et non les Rabageois, comme on en croise parfois.

Casser du sucre sur le dos de quelqu'un

Dire du mal de quelqu'un en son absence

L'origine du *sucre* est lointaine et ancienne. Il vient en effet d'Inde (*çârkara* en sanskrit). Les Grecs l'importèrent au Ier siècle (*sakkharon*) et le firent goûter aux Romains (en latin, *saccharum*). Les Arabes (*sukkar*) développèrent la culture de la canne à sucre tout autour de la Méditerranée, notamment en Égypte, dans le sud de l'Espagne et en Sicile. C'est par les marchands italiens (*zucchero*) que le sucre a été importé en France. Ce fut longtemps un produit de luxe et de pharmacie, grâce auquel les marchands faisaient leur miel.

Loin de cette histoire d'import-export, *casser du sucre sur le dos de quelqu'un* est attesté en 1868. On l'emploie familièrement pour « dire du mal de quelqu'un en son absence ». L'expression s'explique par le fait que les vendeurs de sucre au détail devaient frapper avec violence les pains de sucre pour les casser, car ils étaient très durs. Se le voir *casser sur le dos* serait donc un supplice très salé !

Laurent Ruquier

Si vous avez le Béghin pour quelqu'un, aucune raison de tenter cette expérience absurde. Le mieux, c'est de l'acheter en poudre, de manière à ne pas avoir besoin d'en arriver là. D'après l'agence Tasse, l'expression aurait été inventée par Andreï Sakharose, qui fut sucré prix Nobel de la paix.

Casser sa pipe

Mourir

Le 31 octobre 1981, annonçant la mort du moustachu sacré de la chanson française, le journal *Libération* titre « Brassens casse sa pipe ». Cette expression acquiert son sens actuel de « mourir » vers la fin du XVIIIe siècle (1791). Elle existait auparavant dans le sens d'« enrager », aujourd'hui sorti d'usage.

Casser sa pipe s'explique en prenant *pipe* dans le sens de « visage » ou « tête » (probablement par analogie avec le crâne, creux comme une pipe). Pour la même raison, *fendre sa pipe* renvoie au fait de rire bruyamment (avec la bouche ouverte qui fend le visage).

De très nombreuses expressions nous permettent d'évoquer la mort sans la nommer. Entre *passer l'arme à gauche* (XIXe siècle), *s'en aller les pieds devant* (XVe siècle) ou *bouffer les pissenlits par la racine* (XIXe siècle), chacun choisira ce qui lui conviendra au *boulevard des allongés* (le cimetière).

> « Il est joli le temps passé
> Un' fois qu'ils ont cassé leur pipe
> On pardonne à tous ceux qui nous ont offensés :
> Les morts sont tous des braves types. »
>
> *Le Temps passé*, Georges Brassens, 1960.

Lui, c'était un brave type de son vivant. Avec sa guitare, il ne nous jouait pas du pipeau.

Sauf si vous êtes collectionneur, vous n'allez pas en mourir ! Ça se remplace très facilement, une pipe. Il existe même des pipes show où vous pourrez succomber, mais seulement à la tentation.

Laurent Ruquier

Chercher midi à quatorze heures

Compliquer inutilement une chose très simple

Littéralement, celui qui *cherche midi à quatorze heures* ne cherche pas les choses à l'endroit où on est censé les trouver. L'expression, qui remonte au début du XVIIe siècle (1619), permet de parler de quelqu'un qui complique les choses sans raison, même les plus simples.

Au XVIe siècle, on *cherchait midi à onze heures* ou tout simplement on *cherchait midi*. On l'aura compris, l'élément central de cette expression est le *midi*, le milieu de la journée, moment central et théoriquement repérable, auquel est également associée une métaphore de la maturité et de la vérité. Notre *midi* est un mot ancien (1080). Il est composé assez simplement de *mi* (« au milieu ») et *di* (ancien terme pour la « journée »).

Celui qui *voit midi à sa porte* se limite à son propre point de vue sur les choses. Alors que le soleil brille pour tout le monde à midi, heure à laquelle il est le plus haut dans le ciel, le nombriliste regarde son paillasson.

Tâchons donc d'aller au plus simple, en cherchant midi à midi. Car le diable est dans les détails. Laissons donc les démons à minuit.

Laurent Ruquier

N'importe quelle trotteuse vous le dira, c'est exactement ce que fait quelqu'un qui arriverait dans un pays où les deux heures de décalage horaire lui imposent de reculer les aiguilles. Ceux qui y verraient un autre sens ne cherchent qu'à compliquer les choses.

Clouer le bec à quelqu'un

Faire taire quelqu'un, le réduire au silence

Une poule devenant marteau pourrait-elle se *clouer le bec* ? Le seul sens littéral de l'expression permet de la comprendre, car nul ne niera qu'un *clou* planté dans un *bec* empêche de piailler même la plus bavarde des poules.

Le *bec* désigne, depuis le XVIIIe siècle, la « bouche » humaine et par extension le « visage », le « nez » (on parle toujours d'un *bec sucré* ou d'un *bec salé*) et la « parole ». Ainsi, ceux qui se disputent ont une *prise de bec* et y laissent parfois des plumes. En Suisse ou au Québec, *becquer* prend aussi familièrement, au XIXe siècle, le sens d'« embrasser ».

Avant de *rabattre notre caquet* (« nous taire » ; on doit aussi cette expression aux gallinacées et à leurs incessants caquètements), précisons que *clouer* n'a ici pas de lien avec le *clou*, mais dérive de *clore* (« fermer »).

Clouer le bec, c'est donc « fermer la bouche ». On a souvent le *bec cloué* par une surprise ou une forte émotion qui nous laisse sans voix. *Couper le sifflet* (fin du XVIe siècle) fonctionne aussi – il *fait un carton* (p. 196) chez les arbitres. Quant à *fermer sa boîte à camembert*, c'est la leçon apprise à ses dépens par maître Corbeau.

Au siècle dernier,
il y avait deux
mimes au nom
quasi semblable,
Michel Marteau
et Marcel Marceau.
Contrairement
à ce que leur nom
indique, c'est
le deuxième qui,
par son talent, cloua
le bec au premier.

Laurent Ruquier

Coiffer quelqu'un au poteau

Battre quelqu'un de justesse

Lorsque Neymar arrange son brushing avant de tirer un corner (« coup de pied de coin »), on peut dire qu'il *se coiffe au poteau*. Mais l'expression n'a rien à voir. Elle vient en fait du *poteau* de la ligne d'arrivée des courses de chevaux et est née dans les hippodromes au début du XXe siècle (1906). On dit d'ailleurs d'un cheval qui ne prend pas le départ qu'il *reste au poteau*.

Coiffer un concurrent renvoie, au sens figuré, au fait de dépasser d'une simple tête (d'une coiffe). *Coiffer quelqu'un au poteau* (ou *sur le poteau*), quelle que soit la compétition, c'est donc le battre de peu (*d'une courte tête*, dit-on aussi parfois) et au dernier moment (au niveau de la ligne d'arrivée). C'est gagner d'un cheveu.

Dans un autre registre, au football, *l'équipe de coiffeurs* fait référence aux joueurs amateurs (qui peuvent être littéralement coiffeurs à la ville). Les joueurs de rugby, quant à eux, préfèrent poser à poil entre les poteaux dans un calendrier. Chacun son style.

Laurent Ruquier

Les westerns diffusés pendant notre enfance nous ont longtemps fait croire que les indiens étaient les méchants et que les cow-boys étaient les gentils. Certes, il n'était sûrement pas agréable de se faire scalper attaché à un totem, mais on a bien compris depuis que ceux à qui on a enlevé tous leurs salons de coiffure, à l'arrivée, c'étaient les indiens. Et il n'y a pas besoin de photeau pour les départager.

Comme cul et chemise

Être très liées, intimes (pour deux personnes)

Les meilleurs amis se moquent parfois du reste du monde comme de leur première chemise.
L'expression *ce n'est qu'un cul et une chemise* (XVIIe siècle) et ses variations (*ce sont deux culs dans une chemise*, par exemple) nous ont donné, en français moderne, *comme cul et chemise*.

Il nous faut faire un détour par la mode de l'époque pour en expliquer le sens. La *chemise* est alors bien loin du vêtement que l'on connaît actuellement, à col et boutonnières, blanchie et amidonnée dans les beaux quartiers. Elle désigne deux longs pans de tissu que l'on portait à même la peau, sous d'autres habits. Une vraie pièce de lingerie ! Cette histoire culottée permet de comprendre la proximité de la *chemise* avec le corps et, en particulier, avec le *cul*. *Être comme cul et chemise*, c'est donc être intimes, très familiers.

Des personnes inséparables finissent souvent par penser de la même manière. On peut alors dire que ce sont *deux* (ou trois, ou plus) *têtes sous un bonnet*, car leurs opinions sont comme nées au même endroit. Cela n'empêche pas les plus inconstants de changer d'avis comme de chemise.

Est-ce qu'un cul
et une chemise s'entendent
aussi bien que ça ?
J'ai des doutes. La seule chose
qu'une chemise peut entendre
sortant d'un cul ne lui donne
pas forcément envie
de rester collée. On voit
même souvent la chemise
tenter de se sauver
du pantalon pour échapper
à cette complicité qui ne
lui donne pas de quoi
se hausser du col. Elle
en est même souvent froissée.
C'est donc une expression
à la con qui repassera !

Laurent Ruquier

Comme un pet sur une toile cirée

Très vite, précipitamment

Voilà une expression qu'on entend peu dans la haute société, où l'on vous regarde mal pour le moindre *pet de travers* (p. 68).

L'usage du mot *pet* pour évoquer une rapidité discrète date de la fin du XIXe siècle (1884). On retrouve *filer comme un pet* chez le chansonnier Aristide Bruant en 1901, pour parler d'un départ brusque. La curieuse image du *pet sur une toile cirée* serait aussi de cette époque. *Se sauver* (ou *filer*) *comme un pet sur une toile cirée* ajoute, à la précipitation du pet mal contenu par-devers soi, l'idée de « glissade ». Le tissu que l'on imbibe de cire ou de vinyle devient hydrofuge, c'est-à-dire qu'au lieu d'absorber l'eau, il la laisse perler à sa surface, et le moindre verre renversé lui glisse dessus comme l'eau sur les plumes d'un canard.

Quelqu'un qui s'en va *comme un pet sur une toile cirée* part très rapidement, aussi vite qu'il est arrivé. Suivant la même comparaison avec quelque chose de coulant, Georges Simenon, père de l'inspecteur Maigret, écrit « comme un pet sur une tringle à rideaux ». Chacun choisira l'image qui lui conviendra le mieux. Et bon vent !

Laurent Ruquier

Une telle vitesse n'a jamais été réellement mesurée, à part peut-être par la comédienne Marie-Pierre Casey qui, dans une publicité pour Pliz, n'hésita pas à glisser sur une table le temps d'une célèbre réclame. Elle précisait même : « J'ferai pas ça tous les jours. » À moins d'une rallonge ?

Con comme un balai

Absolument idiot

Pour comprendre l'expression *con comme un balai*, il faut y ajouter à la fin *sans manche*, ces deux mots ayant été progressivement balayés par l'usage oral. Pas besoin d'avoir la lumière à tous les étages pour comprendre qu'un balai sans manche perd toute son utilité d'ustensile servant à retirer la poussière.

Être *con comme un balai*, c'est donc être idiot, imbécile, stupide, d'une grande bêtise. Bien sûr, le balai n'a pas le monopole du con. On entend aussi parfois : *con comme ses pieds*, *con comme la lune*, *con comme une valise* ou *un panier*, *sans poignée*. « J'voudrais avoir la foi, la foi de mon charbonnier, qu'est heureux comme un pape et con comme un panier », chantait Georges Brassens (*Le Mécréant*, 1965).

Notre expression appelle également une explication pour les moins de 18 balais : l'organe génital masculin est aussi appelé *manche* à partir du XVIe siècle, et le sexe féminin *con*. *Con comme un balai* est donc aussi une opposition dévalorisante des deux sexes.

L'histoire du mot *con* est intéressante : abondant dans la langue à partir du XIIe siècle, le conservatisme des mœurs du XVIIe siècle a mis un bon coup de balai sur la vulgarité linguistique et le *con* a disparu de l'écrit au moins jusqu'au XIXe siècle. Quant au *balai*, c'est très probablement un mot d'origine gauloise ou celtique, qui désignait d'abord la branche d'arbre (de genêt, de bouleau) à partir de laquelle on fabriquait le *balai*. À présent, du balai !

Voilà une insulte qui
n'a plus lieu d'être et pour
laquelle vous pouvez même
être condamné à quelques
années et des poussières.
À la suite d'une plinthe
du parquet et avec l'appui
du garde des seaux, il fut
jugé en première instance
qu'un balai n'était pas con.
Et la pelle confirma
la décision de justice.

Laurent Ruquier

Couper l'herbe sous le pied

Frustrer quelqu'un d'un avantage en le devançant ou en le supplantant

Je ne sais pas si les garnements fument de la mauvaise herbe, mais ils filent assurément un mauvais coton. Mais que voulez-vous, les jeunes plantes ont leurs manières et, paraît-il, *le changement d'herbage réjouit les veaux* (les plus jeunes aiment le changement).

L'expression *couper l'herbe sous le pied* remonte au XVIe siècle (on la retrouve par exemple chez Brantôme). L'herbe a, dans cette expression, le sens d'un moyen de subsistance, un peu comme le pain ou la soupe. De vieilles expressions aujourd'hui disparues attestent ce même usage du terme : *l'herbe lui manque sous le pied* (« il manque de moyens ») ou bien *être réduit à l'herbe* (« être privé du nécessaire »). En coupant l'herbe, on supprime donc un revenu attendu. À cela s'ajoute le fait qu'on le fasse *sous le pied*, c'est-à-dire juste avant que celui-ci soit posé.

Lorsqu'on *coupe l'herbe sous le pied à quelqu'un*, on le frustre d'un avantage escompté en le prenant de vitesse ou en faisant mieux.

La morale de cette histoire se résume dans une autre expression, aujourd'hui désuète : *à chemin battu, il ne croît point d'herbe.* Comprendre : il n'y a rien à gagner dans une affaire dont s'occupent beaucoup d'autres gens. Chacun son herbe, donc, en attendant la légalisation.

Laurent Ruquier

**À moins de vouloir
vous battre pour savoir
qui poussera la tondeuse
dans le jardin, je vous
conseille plutôt de revenir
à nos moutons qui feront
ça encore mieux que vous
sans qu'ils aient le sentiment
qu'on leur mange la laine
sur le dos et sans que la
situation soit trop tondue
entre vous.**

Couper la poire en deux

Transiger, faire un compromis

Ceux qui acceptent d'avoir le cul entre deux chaises sont souvent de bonnes poires.
Comme la plupart des noms d'arbres fruitiers, le mot *poire* est probablement très ancien et son origine est inconnue. On trouve des termes proches dans de nombreuses langues européennes, mais pas en hébreu, en sanskrit ou en araméen, car le poirier n'aime pas trop les climats chauds.

L'expression *couper la poire en deux* serait relativement récente (xxe siècle) et il s'agit d'une plaisante variante de *couper en deux*, c'est-à-dire « faire un compromis ». Au sens propre, couper une poire en deux parts équivalentes donne égale satisfaction aux personnes intéressées.

On dit depuis plus longtemps *ménager la chèvre et le chou* (1672), pour des intérêts contradictoires ayant été conciliés. C'est l'allitération en *ch* qui a fait les choux gras de cette dernière expression, car les chèvres sont surtout élevées dans les régions sèches, où elles ne croisent pas beaucoup de choux. Mais on ne va pas *en faire tout un fromage* (p. 192).

Curieusement,
nos experts, qui ne sont
pourtant pas des poires,
semblent partagés sur
l'origine de cette expression.
Vous qui n'êtes pas la moitié
d'une pomme, vous pouvez
donc couper n'importe quel
fruit en deux, sans que qui
que ce soit en fasse des
salades tout en continuant
à vous fendre la poire,
si c'est ça qui vous
fait plaisir.

Laurent Ruquier

Couper les cheveux en quatre

Raffiner à l'excès, s'arrêter à des détails

Ceux qui tournent en boucle frisent parfois le ridicule. Et lorsqu'ils nous cherchent des poux, on peut s'en arracher les cheveux.

Le *cheveu* est souvent une image pour la finesse (comme dans *à un cheveu*). *Couper les cheveux en quatre*, c'est « tarabiscoter, chercher la complexité ». Pourtant, pris au sens littéral, couper un cheveu en quatre ne semble pas être une chose si difficile.

Pour comprendre cette expression capillaire, il faut retourner à ses racines. Au XVIIe siècle (1690), on disait en effet *fendre un cheveu en deux*. Il est donc question de *couper* dans le sens de la longueur. Cela semblait évident avec le fait de fendre (comme pour une bûche), mais a disparu avec la coupe. Il faudrait presque un microscope pour le faire, et de drôles de ciseaux ! D'une part, ce serait trop long et, d'autre part, ça n'aurait aucun intérêt. Celui ou celle qui *coupe les cheveux en quatre* s'arrête donc aux détails inutiles, n'a pas l'esprit de synthèse. Ce n'est pas réservé aux blonds élèves.

Laurent Ruquier

Si vous avez les cheveux très longs, ça peut être utile, sinon ne vous fatiguez pas pour rien. Déjà que vous venez de couper la poire en deux, vous allez finir par passer pour un maniaque qui ne veut plus faire les choses à moitié. Rappelons que vivre en trouple peut aussi vous permettre de connaître la moitié de votre moitié.

Courir le cotillon

Rechercher la compagnie des femmes

Si le donjuanisme n'a plus vraiment la cote, ce n'est pas pour autant que la fête doit s'arrêter. Car le *cotillon* est porteur d'un double sens.

Dérivé de la tunique appelée *cotte* (de mailles, chez les chevaliers dijonnais), le *cotillon* (1461) est une jupe du dessous, souvent portée par des femmes du peuple. Par extension, en passant par le grossier *trousseur de cotillon*, le mot a acquis le sens de « femme » ou « des femmes ». Ainsi, un homme qui *court le cotillon* multiplie les conquêtes féminines. L'expression, attestée depuis au moins 1718, est aujourd'hui assez désuète, mais on croise encore par exemple *coureur de jupons*, au sens identique.

Le sens de « fête » vient du fait que le *cotillon* est aussi le nom d'une danse que l'on pratique à partir du début du XVIIIe siècle, dans laquelle les femmes dansent en soulevant leurs cotillons. Par extension, le *cotillon* désigne aujourd'hui la fête (notamment le Nouvel An) et les accessoires de fête : confettis, petits chapeaux ridicules ou serpentins.

Courir le cotillon est bien un truc à coucher dehors.

Se retrouver nez à nez avec une langue de belle-mère n'est pas forcément le but recherché quand on drague un soir de fête et de mixité sociale. Méfiez-vous toujours de savoir où va tomber votre sarbacane. Les goûts et les couleuvres ne se discutant pas, vous pouvez aussi tomber sur un serpent teint.

Laurent Ruquier

Courir le guilledou

Aller en quête d'aventures galantes

C*ourir* est parfois employé métaphoriquement pour signifier « fréquenter assidument » ou « rechercher ardemment » (au moins depuis 1585), notamment en matière galante. Dans des expressions populaires et archaïques, *courir les femmes* cède ainsi parfois la place à *courir le cotillon* (1718, p. 120), *courir la prétentaine* (1605) ou *courir le guilledou* (1640), pour évoquer la multiplication des aventures amoureuses (et plus si affinités).

Il n'est pas exclu que *courir* ait pu également s'entendre au sens littéral de « poursuivre », en des temps où le consentement de la gent féminine n'allait pas de soi et où l'amour avait des allures de chasse.

L'expression est d'abord attestée en 1620 sous la forme *courir le guildrou*. L'origine du mot n'est pas certaine. Il se pourrait que le *guilledou* soit un composé de l'ancien français *guiller* (« tromper, séduire », XIIe siècle) et de *doux*, pris dans le sens d'« agréable » ou « tendre ». On a également évoqué une possible origine occitane, avec *aguillodo*, signifiant « aiguillette », mot à la connotation volontiers érotique (l'aiguillette était le lacet qui fermait la braguette). Toujours est-il que le mot ne subsiste plus que dans l'expression *courir le guilledou*, qui lui permet de vivre de dernières aventures.

Laurent Ruquier

C'est évidemment une façon beaucoup plus élégante de dire *aller niquer à droite à gauche*, mais il n'est pas certain qu'aujourd'hui tout le monde vous comprenne, en dessous d'un âge moyen pour ne pas dire d'un moyen âge.

Courir sur le haricot à quelqu'un

Importuner, exaspérer quelqu'un

Il faudrait être lilliputien pour pouvoir courir sur un haricot. Mais attention, les connaisseurs vous diront qu'ils n'ont pas de goût l'hiver.

Si on *court sur le haricot* depuis la fin du XIXe siècle (1886), *courir quelqu'un* signifie « importuner » dès le XVIe siècle.

Quant au *haricot*, avant d'être un légume, il désignait le « ragoût » (on parle encore d'un *haricot de mouton*). En argot, la petite fève a le sens d'« orteil » ou de « pied ». Cela pourrait expliquer *courir sur le haricot* (ou *taper sur le haricot*), qui équivaudrait de manière familière à *casser les pieds, ennuyer*.

On ne dit plus vraiment *haricoter* pour « être mesquin en affaires, marchander sur rien » (Flaubert utilisait aussi *haricoter* pour « embêter », 1835). Mais on emploie encore *asticoter* (XVIIIe siècle) pour « taquiner » (même si les mots se ressemblent, *haricot* et *asticot* n'ont pas la même origine). Un jour, paraît-il, ces petits vers blancs serviront à nous nourrir. Ce n'est pas très ragoûtant. Quand on aura faim d'asticots, on pourra vraiment dire que *c'est la fin des haricots*.

Choisissez-le plutôt vert, le haricot ! Plus long que le blanc, moins pratique, lui, pour courir dessus... au risque de flageoler ! Mais celui qui énerve le plus, c'est le petit fayot qui peut vous faire tempêter.

Laurent Ruquier

Cracher dans la soupe

Mépriser ce dont on tire avantage

J'y réfléchis à deux fois avant de m'embrouiller avec un cuisinier, qui pourrait remplacer mon lard par un mollard. Mais quand il s'agit de *cracher dans la soupe*, il n'est pas question d'un gratiné, mais d'ingratitude.

Avant de désigner le « bouillon d'hiver », la *soupe* était la tranche de pain que l'on trempait dans ledit bouillon. On disait de celui qui avait trop bu qu'il était *ivre comme une soupe* (1611), c'est-à-dire « bien imbibé ». La *soupe* symbolise, dans un certain nombre d'expressions, la nourriture comme moyen de subsistance et renvoie donc au fait de gagner sa vie (comme le pain, la croûte, ou le beurre dans les épinards).

Ainsi, *cracher dans la soupe* (1866), c'est « être ingrat », « mépriser ce dont on tire profit », le crachat étant un symbole de dédain.

Ce sens d'« intérêt » a aussi donné *aller à la soupe*, lorsqu'on tire avantage sans scrupules d'une situation, notamment en se rapprochant du pouvoir, et *servir la soupe*, lorsqu'on dit à quelqu'un ce qu'il attend pour le mettre en valeur.

Et si vous vous rendez quelque part et que vous y trouvez une *soupe à la grimace* (un « accueil hostile »), ce sera peut-être à cause d'un fâcheux un peu *soupe au lait* (« ayant un caractère irascible », 1867) qui aura plombé l'ambiance. Vous aurez alors le sentiment d'*arriver comme un cheveu sur la soupe* (« mal à propos », 1808) et vous serez bien dans le potage.

Laurent Ruquier

Autre solution : vous pouvez mordre la main qui vous nourrit, surtout si elle vous sert le potage dans lequel vous venez de glavioter.

Crier haro sur (le baudet)

Manifester publiquement son indignation ou sa réprobation

Les expressions réservent de drôles de sorts aux animaux. Ainsi en est-il du pauvre baudet, âne devenu bouc émissaire du *haro !* populaire. *Haro* est un cri qui nous vient de l'ancien français *hara* (lui-même issu des langues germaniques), servant à exciter les chiens de chasse. Au XIIe siècle, *haro* (ou *harou*, *hareu*, *harol*, c'est selon) est aussi un appel au secours du droit coutumier normand, qui permet à une victime de désigner un coupable pris en flagrant délit, afin de lui jeter l'opprobre collectif et d'obliger ceux qui le peuvent à l'arrêter.

Aujourd'hui, *haro* ne subsiste plus que dans *crier haro*, pour évoquer la vindicte populaire, le fait de dénoncer à l'indignation de tous. Et c'est surtout *sur le baudet* que l'on crie *haro*. Il peut reprocher cette clameur à La Fontaine et à ses *Animaux malades de la peste* (VII, 1, 1678). Dans cette fable, les animaux cherchant l'origine de l'épidémie se réunissent pour s'avouer leurs fautes et trouver le responsable de la colère divine. Alors que le lion, le tigre ou l'ours (les puissants) minimisent leurs crimes, l'âne avoue qu'il a un jour grignoté l'herbe d'un pré sans y avoir été invité. Tous crient alors *haro sur le baudet* pour ce minuscule forfait, heureux d'avoir trouvé un coupable idéal ne pouvant se défendre.

> « Manger l'herbe d'autrui ! quel crime abominable ! [...]
> Selon que vous serez puissant ou misérable,
> Les jugements de cour vous rendront blanc ou noir. »

Crier haro sur le baudet, c'est condamner publiquement (et cyniquement) sans jugement. Hargneux sont les badauds.

On parle là d'accuser
un âne qui n'est pourtant pas
toujours un mauvais cheval.
Charger une bourrique pour
en faire un âne bâté reste
quand même moins grave
qu'enfiler une paire de mules,
chose autorisée quand
on rentre à la maison, mais
interdite quand il s'agit
de zoophilie.

Laurent Ruquier

De derrière les fagots

Qui présente une qualité remarquable

Un sommelier qui a bien bûché trouvera *derrière les fagots* quelque chose qui se boit bien.
L'origine du mot *fagot* est vraiment incertaine. Les linguistes peinent à accorder leurs violons, car on trouve des termes proches en latin (*fagus*), en grec (*phakos*) et même en norvégien (*fagg*).

L'expression *derrière les fagots* sert à désigner, à partir du XVIIIe siècle, les meilleures bouteilles de vin, que l'on a laissé vieillir dans la cave. Il faut comprendre qu'on les a littéralement mises *derrière les fagots* de bois, au fond de la cave, où l'on entrepose tout un tas de trucs. Progressivement, on a employé *derrière les fagots* pour parler de toute chose un peu précieuse, bien conservée, de bonne qualité, qu'elle se boive ou non.

Avec de vieux habits, vous serez *mal fagoté*, un vrai pouilleux, dira-t-on sans vergogne. Alors qu'avec un vieux chablis, vous ne serez pas aligoté, ni vrai pouilly, comme on dit en Bourgogne.

Laurent Ruquier

Chacun sa branche, alors laissez aux vignerons le soin d'en faire des caisses quand ils vous promettent une bouteille « dont vous me direz des nouvelles ». Tais-toi et bois !

De la poudre de perlimpinpin

Remède prétendument miraculeux et tout à fait inefficace

L'origine du mot est inexpliquée. Ce pourrait être une sorte d'onomatopée amusante. Les dictionnaires la mentionnent dès le XVIIe siècle (1640), d'abord sous la forme *prelimpinpin*, avant de devenir *perlimpinpin* (1690).

La *poudre de perlimpinpin* est une parodie de formule magique qui fait probablement allusion aux sorciers charlatans des fictions médiévales. Le remède sensément magique est surtout une poudre aux yeux sans valeur ni efficacité. On utilise cette expression de manière ironique dans toutes sortes de contextes pour critiquer une prétendue solution miracle à un problème.

Les politiques aiment dénigrer leurs adversaires de cette manière. Ainsi Jacques Chirac l'employa-t-il à propos de Valéry Giscard d'Estaing (1979). Emmanuel Macron, spécialiste ès petites phrases, l'a reprise lors du débat d'entre-deux-tours des élections présidentielles de 2017, à propos d'une proposition de Marine Le Pen : « Ce que vous proposez, comme d'habitude, c'est de la poudre de perlimpinpin. » Cette saillie fit la joie d'Internet qui la détourna en musique ou en images. Et c'est ainsi qu'une expression désuète prolongea sa durée de vie de quelques décennies. Même si, en politique comme ailleurs, les drôles d'expressions ne sont pas vraiment une panacée.

(La panacée est un remède qui guérit toutes les maladies, une solution miracle ; XVIe siècle.)

Laurent Ruquier

**C'est lors d'un débat,
entre les deux tours
de la présidentielle, que
le président de la République
française accusa son
adversaire de vouloir
utiliser cette poudre.
Rebaptisée depuis poudre
du père Lepenpen,
c'est une poudre aux yeux
qui semble, hélas,
de plus en plus utilisée.**

Donner de la confiture aux cochons

Offrir quelque chose de beau à quelqu'un qui est incapable de l'apprécier

Dans un trop grand désordre, on dit qu'*un cochon n'y trouverait pas ses petits*. Un tel échec prête à l'aveu de déconfiture. La *confiture aux cochons* est une variante moderne des *perles aux pourceaux*, expression que l'on retrouve dans l'Évangile de Matthieu (7:6) :

> « Ne donnez pas ce qui appartient à Dieu aux chiens, et ne jetez pas vos perles devant les porcs, de peur qu'ils ne les piétinent [...]. »

Le cochon est souvent synonyme de grossièreté, de saleté (*comme un cochon*), de mauvaise humeur (*caractère de cochon*), voire de lubricité (*films cochons, petite cochonne*). Rien que ça. Cette mauvaise réputation se retrouve de longue date dans la plupart des religions. Le cochon ne connaîtrait pas la valeur d'une perle, ni celle de goûter la finesse d'une sucrerie (comme la confiture), puisqu'il vit dans la boue et mange tout ce qu'il trouve sur le sol. Une exception peut-être à toutes les expressions négatives : *copains comme cochons*. Elle ne vient cependant pas de l'animal mais de *soçon* (du latin *socius*), qui signifie « associé ».

Il faudrait réhabiliter l'animal, au demeurant très intelligent, et s'échiner à en faire le symbole des gens bons. Ce pourrait être un engagement de campagne pour celui qui préside à la *Ferme des animaux*, dans le livre de George Orwell (1945). Il pourrait renforcer sa promesse avec la formule bien connue : *cochon qui s'en dédit* !

Mais qu'est-ce qu'on en sait que les cochons n'apprécient pas plus la confiture que les épluchures ? On leur a demandé ? Cessons de tourner autour du pot et de stigmatiser les pauvres porcs qui savent sûrement mieux distinguer une peau de pomme de terre d'une gelée de groseilles que certains qui sont en train de me lire et se demandent si c'est du lard ou du cochon.

Laurent Ruquier

Donner sa langue au chat

Renoncer à deviner, à trouver une solution

Cette expression n'est pas très ancienne. On ne la retrouve sous cette forme qu'au XIXe siècle. Mais Mme de Sévigné (1626-1696) employait déjà *jeter sa langue aux chiens*, que l'on doit rapprocher de *n'être pas bon à donner aux chiens* (dont l'origine, biblique, est voisine de *la confiture aux cochons*, p. 134). Reste à savoir pourquoi *jeter* est devenu *donner* et les *chiens* ont laissé leur place aux *chats*. Plusieurs explications sont possibles.

Ce pourrait être l'influence du patois bourguignon, dans lequel *donner sa part au chat* signifie « l'abandonner, la laisser ». Par ailleurs, le *chat* est parfois utilisé comme image pour la discrétion, la confidence, les secrets. Chez George Sand, mettre quelque chose *dans l'oreille du chat* (*La Petite Fadette*, 1849), c'est « oublier ». À l'inverse du silence, le *chat* peut aussi parfois être un symbole de parole abondante. Comme dans le Gard, où *j'ai mangé la langue du chat* (*ai manjat lango de cat*) signifie « je ne peux tenir ma langue ».

Selon Sophie Chantreau et Alain Rey, *donner sa langue au chat* pourrait donc être « jeter l'organe de la parole, devenu inutile » ou bien « le confier au chat, animal plein de connaissances ». Personne n'a jamais vraiment trouvé la solution de cette énigme linguistique. C'est donc fort à propos que l'on peut dire que tout le monde *a donné sa langue au chat*.

Laurent Ruquier

C'est exactement ce qu'a fait mon ami Philippe Geluck en faisant de son animal favori une B.D. francophone. N'étant pas polyglotte, il fait bien sûr appel à d'autres langues pour traduire en justesse son chat dans le monde entier. Curieusement, avec les années, son héros ne perd pas ses poils alors que son créateur n'en a plus sur le caillou, comme quoi c'est bien le chat qui a trouvé la meilleure solution.

Dormir à l'auberge du cul tourné

S'endormir fâché (dans un couple)

Ceux qui en ont marre de faire le dos rond en amour passent parfois la nuit à *l'hôtel du cul tourné*.

Du latin *hospitale* (« chambre pour les étrangers »), *hôtel* (*ostel* vers 1050 puis *hostel* à partir du XIIIe siècle) signifiait d'abord « demeure » ou « maison » (1135) avant de prendre le sens actuel d'établissement payant et meublé (fréquent à partir du XVe siècle). L'idée de logement personnel ne subsiste guère que dans des locutions comme *hôtel particulier* ou *hôtel de ville*. Mais c'est *maison* qu'il faut entendre dans l'*hôtel du cul tourné* (XXe siècle), autrement dit un foyer dans lequel un couple fâché s'endort dos à dos (ou cul à cul). L'*auberge du cul tourné* est une variante plaisante, renvoyant par glissement à l'hôtel comme lieu de location de courte durée à la nuitée, tout en intégrant un aspect rustique. On l'entend aussi parfois pour parler du « refus d'avoir des relations sexuelles ».

Il n'est jamais heureux de se bouder dans un couple. Une bonne résolution serait de ne jamais se coucher à l'auberge du cul tourné. Car à s'endormir sans affection, on réveille le ressentiment. N'oubliez pas que vous verrez votre moitié tous les jours : vous n'êtes, quoi qu'il arrive, *pas sorti de l'auberge* (p. 222) !

Autant dire que l'expression ne vaut que pour les couples hétérosexuels. L'auberge du cul tourné est en fait un établissement *gay friendly*, puisque deux homos, dont l'un aurait le cul tourné, n'en seraient pas forcément fâchés. Si les deux culs sont tournés, là, les choses se compliquent... À moins d'être quatre dans le lit, mais ça n'est pas rentable pour les auberges.

Laurent Ruquier

Dormir comme une souche

Dormir très profondément

Ce qu'il reste de l'arbre qu'on a coupé peut dormir longtemps à terre.
Beaucoup de mots sont accolés au *sommeil* dans des expressions pour en préciser la nature. Le *sommeil du juste* ou *du bienheureux* est paisible. Le *sommeil de marmotte* ou *de loir* est profond et interminable, comme une hibernation. Celui ou celle qui *dort comme une souche* a le sommeil pesant qui fait du corps un objet lourd et immobile (comme *sommeil de plomb*).

On disait auparavant *rester comme une souche*, qui signifie « demeurer inerte, sans bouger ». Cette métaphore végétale de l'immobilité, de l'inertie, existe depuis le Moyen Âge. On la retrouve par exemple au XIIe siècle chez Chrétien de Troyes, père de la littérature arthurienne sur le continent (s'inspirant des légendes et écrits celtes). *Dormir comme une souche* est plus tardif. L'expression est mentionnée dans le *Dictionnaire critique* de l'abbé Féraud (1787).

À côté de ça, des obsédés de la souche se raccrochent aux branches de leur arbre généalogique pour montrer qu'ils sont bien enracinés. « C'est à pleurer ! », dirait le saule.

Laurent Ruquier

**Avec des scies,
tout est possible !
Et c'est vrai qu'on
dort mieux quand on
est vraiment abattu.
On ferait donc
mieux de compter
les bûcherons que
les moutons pour
trouver le sommeil.**

En avoir gros sur la patate

Éprouver une grande désillusion, être déçu, chagriné ; en avoir gros sur le cœur

La *patate* désigne d'abord (à partir de 1582) le tubercule qu'on nomme aujourd'hui *patate douce* pour éviter la confusion. Vers le milieu du XVIIIe siècle (1765 au Canada, 1769 en France), le mot désigne ensuite familièrement la pomme de terre, sous l'influence de l'anglais *potato*. Ce glissement sémantique s'est d'abord répandu, assez naturellement, dans l'ouest de la France, terre de marins transatlantiques, avant d'être d'usage courant. Du fait de sa forme ou de sa consistance, la *patate* a servi à désigner métaphoriquement des parties du corps, comme le nez (1866), la tête (1919), ou le cœur. Ainsi dit-on parfois familièrement qu'on en *a gros sur la patate* (1912) à la place de *gros sur le cœur*.

Le cœur a, dès l'Antiquité, une valeur anatomique (comme organe central de la circulation sanguine) et métaphorique (c'est notamment le siège de l'amour et des émotions). *En avoir gros sur le cœur* (XVIIe siècle) ou *sur la patate* (XXe siècle) signifie que l'on est accablé par le ressentiment. Comme lorsque quelqu'un vous *refile la patate chaude* (le « problème », p. 282).

Comme quoi, la patate ne donne pas toujours la frite.

Peu de gens le savent, mais l'expression vient du concours Miss France. On appelait les candidates recrutées par Geneviève de Fontenay « les belles de Fontenay ». Celle qui gagnait avait la frite, mais les pauvres pommes qu'on appelle *dauphines* pleurnichaient dans leurs robes de mousseline.

Laurent Ruquier

En avoir sa claque

En avoir assez de ; être exténué de quelque chose ; être dégoûté de quelque chose

Certaines de nos expressions, les plus *têtes à claques* (XIXe siècle), donnent du fil à retordre aux linguistes, car leur sens a beaucoup évolué.

Au XIXe siècle (1867), en effet, *en avoir sa claque* signifiait que l'on avait trop bu ou trop mangé, que l'on était rassasié. Aujourd'hui, cela exprime plutôt que l'on en a marre, que l'on est dégoûté par quelque chose ou par une situation.

Il n'est pas question de gifle dans cette expression (le mot *claque* est dérivé de l'onomatopée rappelant le bruit sec et fort du coup porté avec la paume de la main), mais d'*avoir sa part* (comme dans *avoir son compte* ou, en argot, *avoir son fade*). Ce sens est rappelé dans certains usages régionaux. En Picardie notamment, la *claque* est la « bonne mesure » pour le lait et la *claquée* a le sens d'« abondance ». L'intensité (du geste violent) a parfois dérivé vers un lexique plus général de la quantité, comme en attestent les dialectes. Cela a donné des expressions telles que *en avoir sa claque* ou *être claqué* (« être exténué » par une activité trop intense).

Quant à *prendre ses cliques et ses claques* (1830), c'est encore autre chose : un mélange d'argot (les *cliques* valant pour les jambes) et de parler de cordonnerie (la *claque* étant une sorte de sandale, 1743), accolés pour le jeu des sonorités. Cela voulait d'abord dire que l'on partait rapidement. Aujourd'hui, c'est une invitation à prendre toutes ses affaires et à s'en aller. Sale coup que cette claque.

Laurent Ruquier

C'est l'épouse d'un député de La France Insoumise qui relança l'expression parce qu'elle en avait assez et tout le monde lui avait dit qu'elle aurait dû prendre ses cliques et ses claques dès la première gifle. C'est seulement quand on continue à y croire qu'on tend l'autre joue.

(Être) en goguette

Se promener ; (être) émoustillé, légèrement ivre ; (être) disposé à s'amuser, à faire la fête librement

Les noceurs en bringue font regretter leurs goguettes aux bambocheurs repentis de la java et des bombances atomiques. Le mot *goguette* apparaît au XVe siècle (1462) dans des expressions comme *faire goghettes* (« se régaler »), *être à goguette* (« en être aux caresses », sous-entendu : en amour). On trouve aussi *être en ses goguettes* (1549) pour « être de bonne humeur ».

La *goguette* dérive de l'ancien français *gogue*, qui signifie « réjouissance » ou « bonne humeur » (XIIIe siècle), dont l'origine n'est pas certaine mais qui nous a également laissé *à gogo* (« abondamment ») ou *goguenard* (« qui plaisante en se moquant »).

Être en goguette signifie d'abord « être en partie fine » (1704), avant de prendre son sens actuel et plus large, au milieu du XIXe siècle : faire la fête sans retenue, avoir un peu trop bu, s'amuser librement. Par extension, rappelant l'idée de légèreté, on l'utilise aussi pour parler d'une promenade (un peu comme *en vadrouille*).

On a un temps appelé *goguettes* les cabarets, mais cet usage a disparu, probablement avec la fin des sociétés chantantes et populaires. Il faut croire qu'aujourd'hui, les bonnes mœurs tout de go guettent.

Il n'y a que des gogos pour croire qu'on peut partir en goguette sans finir aux gogues. On peut préférer rester à la maison et relire la Bible ou le Coran pour en savoir plus sur Gog et Magog. Sachez aussi, même si cela n'a rien à voir, que contre les démagogues, Christine Angot guette.

Laurent Ruquier

Enfoncer une porte ouverte

S'efforcer de démontrer une chose évidente ou admise depuis longtemps

Si la comédie de Francis Veber a popularisé le *Dîner de cons* (1998), cela ne doit pas faire d'ombre aux *journées portes ouvertes*.

Quelqu'un qui *enfonce une porte ouverte* fait de grands efforts pour surmonter une difficulté fictive ou tenter de démontrer ou de découvrir une chose connue (non sans difficulté). L'expression, dans son sens actuel, est de la fin du XVIIIe siècle. Mais en 1640, le dictionnaire des *Curiosités françaises* d'Antoine Oudin nous dit qu'on la croise dans un contexte érotique et ironique, pour « coucher avec une nourrice et croire qu'elle est pucelle ». On trouve donc déjà le comique de la formule qui moque la naïveté de quelqu'un (car la nourrice, en femme expérimentée, n'est assurément pas vierge). Ce premier sens semble *avoir pris la porte* (« être parti »).

Les grands discours peuvent faire illusion chez ceux-là mêmes qui les prononcent et les laisser penser qu'ils ont l'esprit fin, la raison subtile et qu'ils entreront dans l'histoire *par la grande porte*. Mais tout le monde sait que c'est la petite porte qui fait l'*entrée des artistes*.

Laurent Ruquier

À moins d'être défoncé soi-même, ce serait jeter l'argent par les fenêtres que perdre du temps à expliquer que, plutôt qu'enfoncer une porte ouverte, il vaut mieux la fermer !

Engueuler (quelqu'un) comme du poisson pourri

Accabler (quelqu'un) d'injures, invectiver

À ne pas confondre avec l'éternelle zizanie qui règne entre le forgeron Cétautomatix et le poissonnier Ordralfabétix, que l'on engueule *à cause* de son poisson pourri.

Engueuler comme du poisson pourri est une comparaison imagée récente (environ 1920), faisant allusion au franc-parler parfois injurieux des poissonniers sur les marchés. À l'origine, ce devait vraisemblablement être quelque chose comme *traiter de poisson pourri*. Qu'il s'agisse ou non de harengère, le *poisson pourri* a changé de statut dans la phrase, passant de complément d'objet indirect à élément de comparaison (peut-être sous l'influence d'autres expressions comme *traiter comme un chien*, *traiter de tous les noms* ou *traiter comme de la merde*).

Chez Louis-Ferdinand Céline (*Mort à crédit*, 1936), jamais avare d'insultes et d'irrévérences, on trouve :

« Je traite mon père comme du pourri ! »

Exit le poisson, donc, mais on garde le *comme*. Aujourd'hui, si on vous *engueule comme du poisson pourri*, c'est que l'on vous réprimande, que l'on vous gronde avec des mots parfois durs.

Morale de l'histoire : à Rungis, il ne faut pas demander si le poisson est frais, car le grossiste pourrait devenir grossier.

Voilà qui n'a aucun sens. Avez-vous déjà tancé une tanche, réprimandé une limande ? Non ! C'est au poissonnier ou à la poissonnière qu'il faut s'en prendre. Aucune raison que le poisson, pourri ou pas, en fasse les frais. Vous pourriez même lui passer un savon, qu'il ne sentirait pas meilleur pour autant.

Laurent Ruquier

Essuyer les plâtres

Éprouver les inconvénients d'une chose neuve, qui vient d'être faite

En maçonnerie, le plâtre frais a une odeur bien particulière et est humide. Surtout, il laisse des traces blanches sur ceux qui ont le malheur de s'y frotter. Si *essuyer les plâtres*, c'est, au sens propre, le lot de ceux qui occupent une maison neuve, c'est surtout métaphoriquement qu'on a recours à l'expression (1835). On l'emploie pour dire que l'on subit en premier les conséquences d'une situation nouvelle, expérimentale ou désagréable.

Le plâtre s'obtient à partir du gypse. L'essentiel des réserves françaises de cette roche se situerait dans le Bassin parisien. D'ailleurs, Montmartre était une grande carrière de gypse entre le XVIIe et le XIXe siècle (de même que Ménilmontant ou les Buttes-Chaumont). On y fabriquait le « plâtre de Paris », célèbre et exporté dans le monde entier. La poussière produite par le passage fréquent des charriots remplis de poudre de gypse fait que le chemin qui mène aux carrières de Montmartre prend le nom qu'on lui connaît aujourd'hui : rue Blanche.

Cette histoire est véridique. Promis, on ne vous roule pas dans la farine.

Laurent Ruquier

J'ai toujours trouvé idiote cette tradition que de vouloir écrire un petit mot ou mettre sa signature sur le plâtre de quelqu'un qui, certes, vous le demande, mais se retrouve à la fin avec un plâtre tout dégueulasse et même illisible la plupart du temps. Voilà pourquoi n'importe quel bras cassé aurait besoin d'un essuyeur de plâtre qui passerait à la fin et non pas au début, comme le laisse entendre l'expression.

Être à couteaux tirés

Être dans une situation de grande hostilité

Pour comprendre cette expression, il faut imaginer deux adversaires qui seraient prêts à se battre, ayant déjà dégainé leurs armes. Nul ne sait comment finira l'escarmouche. Avec un *couteau sous la gorge* (« être acculé », 1585) ? En *remuant le couteau dans la plaie* (ravivant une blessure) ? Si on se bat dans un brouillard épais *à couper au couteau*, on ne verra pas le jeune ennemi ambitieux arrivant avec le *couteau entre les dents*.

Être à couteaux tirés prend la suite d'une locution aujourd'hui disparue : *en être aux épées et aux couteaux* (XVIe siècle). On trouve notre expression, à l'infinitif, chez l'écrivain Nicolas de Cholières (1585) : *aux cousteaux tirer* (« prêt à tirer les couteaux »). La forme actuelle est attestée en 1680.

Être à couteaux tirés exprime donc que l'on est en guerre ouverte.

Pourtant, nombre d'épées sorties de leurs fourreaux n'ont pas battu le fer. Car les coups tôt tirés sont parfois de simples dissuasions pour montrer qu'on ne se laissera pas faire, ou de pures bravades provocantes.

Quelqu'un qui voudrait être canif à la place du canif fait souvent laguiole. Face à cette haine entre une fine lame et quelqu'un con comme un manche, la neutralité du couteau suisse s'impose : ne pas trancher.

Laurent Ruquier

Être à la bourre

Être en retard

Les gens bourrus ne tolèrent pas que l'on *soit à la bourre* et qu'on les fasse tourner en bourrique. Ils pourraient vous le faire savoir par un bon bourre-pif.

Bourrer signifie « perdre » à la Bourre, qui est un jeu de cartes occitan. Ainsi, *à la bourre* a d'abord concerné celui ou celle qui est dans la misère ou dans la détresse. Le sens actuel d'« être en retard » est très probablement influencé par une autre acception de la *bourre*. Le mot *burra* désigne en effet en latin une laine grossière, un amas de fibres que l'on utilise pour *bourrer* (*rembourrer*) des objets et des vêtements. L'idée de remplissage a donné des locutions comme *bourrer le crâne* ou *bourrer le mou* (1907, remplir la tête de choses fausses) ou, plus concupiscent, l'encouragement très mâle à la fornication : *bonne bourre* !

En bourrant, on met aussi sous pression. Ainsi hérite-t-on d'expressions rappelant l'intensité et la vitesse comme *être en pleine bourre* (« avoir beaucoup à faire ») et, probablement, *être à la bourre* (XXe siècle). *Est* donc *à la bourre* celui ou celle qui est en retard et doit se presser (comme la bourre de laine).

Faut-il *se monter le bourrichon* (p. 214) pour quelques minutes de courtoisie ?

Laurent Ruquier

**On a longtemps cru
que c'était le laboureur
qui, à force de ne pas vouloir
mettre la charrue avant
les bœufs, finissait
par avoir du retard.
Nos meilleurs linguistes
ont depuis creusé un autre
sillon moins terre à terre,
mais qui risque quand même
de vous retourner.**

Être agité du bocal

Être nerveux, excité

Peut-on dire d'un Normand nerveux qu'il est un peu agité du bocage ?
Agiter, étymologiquement, c'est « agir avec excès ». En latin, *baucalis* est une sorte de vase en terre qui servait à refroidir. Dans l'argot des casernes de la guerre de 14-18, le *bocal* devient un synonyme de *casque* (1918). Par analogie, et comme un certain nombre d'autres récipients (le *caisson*, la *carafe*), le *bocal* désigne la « tête », l'« esprit ».

Si, grâce à Victor Hugo et ses *Misérables*, on sait qu'il peut y avoir « tempête sous un crâne », l'agitation dans le bocal est une manière plaisante de dire à quelqu'un qu'il a les idées folles.

L'insulte *agité du bocal* a notamment été utilisée par l'écrivain et excité du local Louis-Ferdinand Céline dans son pamphlet *À l'agité du bocal* (1948), qui vise le philosophe existentialiste Jean-Paul Sartre. Si les usages et manières de parler passent et changent, les phrases chocs des personnalités fixent dans l'histoire de la langue certaines expressions. C'est le privilège des livres ou de la politique de choisir les mots qui restent et ceux qui ne sont rien.

Mais alors, si on nous demande de faire une séance de *remue-méninges* (*brainstorming*, dans le néoparler de nos managers), c'est qu'on doit agiter nos bocaux ?

À moins d'être un cornichon, tout le monde aurait envie de s'agiter pour sortir d'un bocal. C'est la raison pour laquelle le poisson rouge tourne en rond en espérant trouver la sortie. Quand Louis-Ferdinand Céline traita Jean-Paul Sartre d'*agité du bocal*, force est de constater qu'ils ne frayaient pas dans les mêmes bocaux.

Laurent Ruquier

Être au bout du rouleau

Être épuisé

Si *être au bout du rouleau* est bien une affaire de papier, cela n'a rien à voir avec la solitude qu'on rencontre parfois aux toilettes.

L'expression est attestée sous cette forme en 1789, mais on disait déjà *il est au bout de son rollet* à la fin du Moyen Âge, pour dire « il ne sait plus quoi répondre » ou « il ne sait plus où trouver de quoi vivre ». Le *rollet* est en fait un petit *rôle* au théâtre. Lorsque l'acteur arrive au bout de son *rôle*, il sort de la lumière. Et si le *rôle* est court, on se contente d'un *rollet*.

Le *rôle* est, à l'origine, un « rouleau comprenant des écrits ». Avant l'invention des « codex » et leurs papiers empilés, on écrivait sur des feuilles qui, mises bout à bout, formaient un bandeau que l'on roulait sur lui-même pour le conserver (*volumen* pour la lecture horizontale, *rotulus* à la verticale). Le *rôle* est devenu par suite le nom d'un acte officiel ou d'une liste. Les militaires sont *enrôlés*. L'ordre de passage des affaires dans une salle d'audience figure sur le *rôle* (qui nous fait passer à *tour de rôle*). Le *contre-rôle* est le double registre de comptes (pour permettre leur *contrôle*).

Aujourd'hui, *être au bout du rouleau* signifie surtout qu'on a épuisé toutes ses forces, tous ses moyens (physiques ou financiers). On doit tous sortir de scène un jour ou l'autre.

Laurent Ruquier

Se dit d’un peintre qui en a plein les pinceaux, d’un enfant qui crie « Maman, viens m’essuyer », du client d’un restaurant chinois qui arrive à la fin de son nem, d’un coiffeur en pleine permanente frisant l’overdose ou bien même d’un surfeur n’espérant plus une nouvelle vague. Et tous ces exemples me fatiguent.

Être bas de plafond

Être abruti, idiot

Les plus grands par la taille se cognent parfois au plafond lorsqu'il est trop bas. Cela peut, à terme, faire perdre la tête. Mais l'explication de *bas de plafond* est ailleurs.

Le *plafond* est un mot composé de *plat* et de *fond*. Il désigne à l'origine le plancher. Mais tout plancher vu du dessous étant un plafond, c'est ce dernier sens qui nous est finalement parvenu. Dans un certain nombre d'expressions, nées pour la plupart au XIXe siècle, le plafond symbolise la tête (on peut imaginer qu'il s'agit d'une analogie spatiale, puisque le plafond comme la tête sont en haut) : *avoir une araignée au plafond* (« être fou », p. 72), *se faire sauter le plafond* (« se suicider »), etc.

L'expression *être bas de plafond* (1867) a d'abord désigné des personnes « très petites ». Mais le front, lorsqu'il est bas, est censé être le signe d'une intelligence limitée. L'influence de *bas du front* a donc altéré le sens de *bas de plafond*, qui signifie aujourd'hui « idiot », « médiocre » (et parfois « vulgaire »).

La cause féministe conduit aujourd'hui à délaisser le soulier de vair (fourrure d'écureuil) de Cendrillon pour *crever le plafond de verre* du travail. Il faudra avoir la tête dure.

Comme disait
l'éternel Pierre Dac :
« Un appartement bas
de plafond peut être
tout simplement haut
de plancher. » Quand il s'agit
d'une personne, sachez
que la loi Carrez vous
autorise aussi à utiliser
l'étroitesse des lieux pour
dire qu'elle *a été bercée
trop près du mur*.

Laurent Ruquier

Être / en rester comme deux ronds de flan

Être stupéfait, ébahi

Le délicieux dessert mi-crème mi-gâteau prêtera-t-il le flanc à une explication linguistique ? Rien n'est moins sûr.
Le *flan* désigne à l'origine un disque destiné à recevoir une empreinte par pression (fin du XIe siècle) et, par extension, une monnaie, un denier (entre le XIVe et le XVIIe siècle). Les *deux ronds de flan* de l'expression pourraient être « deux sous », deux pièces rondes qui rappellent la forme des yeux que l'on fait lorsqu'on est stupéfait par une nouvelle ou une situation. Cette explication visuelle n'est cependant pas assurée. Car *flan* est aussi en argot une chose sans valeur, sans sérieux (*c'est du flan !*). Entre les deux sous et le flan, on a une redondance de l'absence de valeur, qui pourrait être formulée à dessein.

Toujours est-il que *en rester* ou *en être comme deux ronds de flan*, c'est être ébahi. On trouve l'expression sous la plume du dramaturge Georges Courteline en 1892, même si rien n'empêche que l'usage ait été antérieur.

Quant à *en faire tout un flan*, c'est simplement une variante de *tout un fromage* (XXe siècle, p. 192). Et si la crème catalane est bien une variante du flan pâtissier et que certains veulent aller bâtir des gâteaux en Espagne, on ne va pas en faire toute une histoire.

Laurent Ruquier

Expression qu'on peut utiliser quand on apprend que le flan était une monnaie et que deux yeux ronds comme cette pièce montraient donc l'étonnement. Encore plus surprenant que des yeux *en trou de bite* que vous ne trouverez pas dans ce livre, et qu'on peut pourtant voir chez les tire-au-flanc.

Être complètement maboul

Être fou, avoir perdu la raison

Quel est le nom de ce jeu déjà... ? Le garagiste déjanté ? Le chef cuisinier toqué ? Le postier timbré ? Le menuisier complètement marteau ? On en perd la boule. Pourtant, tout le monde le connaît. On en est sûr.

Mot emprunté à l'arabe d'Algérie *mahbūl*, qui signifie également « idiot, sot, stupide », *maboul* est entré dans le sabir cosmopolite et commercial d'Afrique du Nord vers 1830. Le sabir est un jargon mélangeant plusieurs langues avec des règles grammaticales simples permettant à différentes communautés d'échanger (notamment pour commercer). Dans l'Algérie du XIXe siècle, on communiquait ainsi parfois par un mélange de langues méditerranéennes (notamment français provençal, arabe, italien et espagnol). Le terme *maboul* s'est ensuite diffusé dans la langue familière grâce à l'argot des casernements de l'armée d'Afrique (1860) et les récits algériens.

Le jeu *Docteur Maboul* existe en France depuis 1978. On y incarne un toubib fou du scalpel. D'ailleurs, *toubib* est aussi emprunté à l'arabe d'Algérie (*tbeb*) par l'intermédiaire de l'argot militaire (1863). Même si le dingue médecin dément catégoriquement.

**Se dit d'une voyante
qui ne saurait prévoir
que son propre avenir
ou d'un joueur de pétanque
qui voudrait tirer avec
une queue de billard.
En France, c'est aussi
un docteur qui a mis
l'opération de la tranche
de brioche à 500
et la crampe de
l'écrivain à 150.**

Laurent Ruquier

Être dans de beaux draps

Être dans une très mauvaise situation, dans une position dangereuse et désagréable

Cette expression vient d'*estre couché en blancs draps*, que l'on retrouve dans un ouvrage collectif satirique de 1593 (la *Satire Ménippée*), puis d'*être dans de beaux draps blancs*, qui signifiait « montré avec tous ses défauts, pris pour cible des médisances ». Aujourd'hui, l'expression a un sens plus général, et une personne *est dans de beaux draps* lorsque la situation est périlleuse ou embarrassante.

Les draps blancs sont une source d'ennuis depuis l'Antiquité. En effet, *drap* a longtemps signifié « habit » et il était d'usage à certaines époques de vêtir de blanc les personnes que l'on souhaitait punir ou ridiculiser en public, notamment celles condamnées pour des affaires de mœurs. Le vêtement devait créer un effet de contraste avec l'âme, dont on supposait qu'elle était noire. Le roi Hérode habille Jésus en blanc avant qu'il soit conduit chez Ponce Pilate (Luc, XXIII, 11).

La couleur blanche a disparu de notre expression probablement vers le XVIIIe siècle, en même temps que cette pratique. Des variantes sont apparues par la suite, comme *être dans de sales draps* ou *de vilains draps*. Abandonnant les *beaux draps* aux blanchisseuses, les boulangers sont plus souvent *dans le pétrin*. On ne compte plus les expressions de ce type, inventées pour décrire des situations contrariantes : la *panade* (p. 170), la *dèche*, la *mouise*, le *mot de Cambronne*... Lorsqu'il faut en choisir une, on *est dans de beaux draps*.

Laurent Ruquier

Voilà un secret que je ne vous donne pas sur l'oreiller : si vous souhaitez éviter d'*être dans de beaux draps*, utilisez une couette ! On ne dira jamais « Maintenant, tu es dans une belle couette ». Et si quelqu'un découvre notre secret, promis, je vous servirai de couverture.

Être dans la panade

Être dans la misère, dans une situation inextricable

Un ami qui voudrait vous faire payer l'addition vous jouerait-il le coup de la *panade* ?
La *panade* est un mot d'origine provençale (1548) désignant une soupe faite avec du pain (le mot dérive de *pan*, « pain »), de l'eau, du beurre et du jaune d'œuf. Du fait de la consistance pâteuse de la soupe au pain, *être dans la panade* (1878) renvoie par métaphore à une situation difficile dont on ne parvient pas à sortir, tels des sables mouvants. C'est la même image qui donne *être dans la purée* ou *dans la mélasse*.

Mais l'expression, qui peut aussi désigner une situation de misère financière, a probablement été influencée par l'argot *panné* (1828), qui qualifiait un ouvrage raté dans un atelier puis une personne sans le sou.

La *panade*, c'est le dénuement subi, une situation qui contraint les braves gens à faire une soupe avec de vieux restes de pain – et la révolution pour de la brioche.

Il est temps de faire la soupe à la grimace, vous voilà dans une situation financière qui ne vous permet plus de manger, comme le disait régulièrement ma mère, que « des briques à la sauce cailloux » ! À moins de vous faire aider par de grosses légumes. Magie ! Magie !

Laurent Ruquier

Être dans les choux

Être dans une mauvaise situation, subir un échec, être mis hors du jeu

Au XVIe siècle, on disait *mettre le disner dans les choux* pour signifier qu'on avait oublié le dîner. C'est dans la seconde partie du XIXe siècle que l'on commence à employer *être dans les choux* (1865) pour désigner l'embarras et la difficulté. L'expression se répand notamment chez des typographes craignant un manque à gagner (1881), puis chez les comédiens (1886), les sportifs éliminés d'une compétition (1910) et les lycéens ayant de mauvais résultats (1928).

On doit probablement le succès de cette expression à la paronymie (la proximité des sons) entre *échouer* et *choux*. Avec un sens proche, on croise aussi parfois *faire chou blanc* (« subir un échec », 1751).

Le légume crucifère qui a traumatisé nos enfances est aussi ambigu que foisonnant en expressions. Celui ou celle qui *fait ses choux gras* de quelque chose en tire profit (XVe siècle). Quelqu'un d'idiot *est bête comme chou* (1850). Les journalistes écrivent parfois dans une *feuille de chou* (un mauvais journal). Et les petits enfants sont des *bouts de chou*.

Autant d'expressions que de types de choux (fleur, rave, rouge, kale, palmiste...). Tout ça nous *prend le chou*, si vous voulez notre avis.

Laurent Ruquier

Expression qu'on utilisait autrefois pour les petits garçons qui y naissaient alors que les petites filles naissaient dans des fleurs. On sait qu'aujourd'hui on dit aux enfants qu'ils sont nés dans des choux-fleurs afin que, plus tard, ils ne vous envoient pas sur les roses et disent que c'est vous qui étiez dans les choux.

Être en bisbille avec quelqu'un

Être en conflit avec quelqu'un pour des raisons futiles

Si des enfants se chamaillent pour quelques billes dans une cour d'école, on sait que la brouille ne sera que passagère. *Bisbille* (1606) est un mot emprunté à l'italien *bisbiglio*, qui signifie « chuchotement » ou « bruit sourd ». C'est une onomatopée qui n'est pas sans rappeler le *bzzz* du bourdonnement.

Par extension, le murmure peut être interprété comme de la médisance. De là, l'expression *être en bisbille* (1752), qui désigne une petite querelle pour un motif futile. D'ailleurs, le peu d'importance de la dispute se manifeste jusque dans la sonorité du mot *bisbille*, qui nous rappelle la *broutille*, la *chamaillerie*, la *brouille* durant laquelle on *bredouille* ou on *babille* quelques menus reproches. Le conflit sonne faux, c'est de la *pacotille*.

Il fallait que la *bisbille* nous vienne d'Italie, pays d'engueulades bruyantes sans lendemain, de rodomontades de théâtre, de fâcheries sonores et surjouées. À l'inverse, les colères muettes font parfois beaucoup plus de dégâts. Et on y perd plus que des billes.

Engueulez-vous un bon coup, mais être en bisbille, ça touche au ridicule ! Est-ce que l'Ukraine est en bisbille avec la Russie ? Est-ce qu'on parle de bisbilles à propos du conflit israélo-palestinien ? Non ! Ne restez pas en bisbille, passez au duel ou à la guerre directement, au moins vous aurez une bonne raison d'en vouloir à l'autre.

Laurent Ruquier

Être frais émoulu

**Être récemment formé, promu ;
être récemment sorti d'une école**

Les ministères sont remplis d'ambitieux jeunes énarques *frais émoulus*. Mais savent-ils au moins faire du café ?
Émoulu est le participe passé du verbe *émoudre* qui signifie « aiguiser », mais n'est guère plus utilisé que dans notre expression et dans le métier de *rémouleur*, artisan souvent itinérant qui aiguise les couteaux et les outils.

Frais émoulu signifie au sens propre « récemment aiguisé ». On l'emploie au sens figuré depuis le XVIe siècle environ (*fraîchement émoulu*, chez Rabelais, signifie « caractère tranchant, sans faiblesse »). Au XVIIe siècle, on parle d'un *gentilhomme frais émoulu* lorsqu'il vient d'être anobli. Aujourd'hui, un étudiant *frais émoulu* est récemment diplômé (d'une grande école le plus souvent) et a (normalement) l'esprit affûté. Au féminin, on peut employer *frais* ou *fraîche émoulue*.

Mais l'expression a parfois un double sens ironique. Car un jeune tout juste sorti d'école n'a pas d'expérience et est parfois pétri de certitudes.

Il est tentant d'écrire *frais et moulu*, comme de la farine, du poivre ou du café. D'ailleurs, *moudre* et *émoudre* ont la même racine latine (*molere*, *exmolere*). Mais l'évolution linguistique a su trancher dans le vif.

Laurent Ruquier

Seul un café frappé peut être frais et moulu sinon quand on est moulu, c'est qu'on n'est plus très frais, et il est donc très rare qu'on sorte d'une école. Et, pardon, mais je ne viens pas de l'apprendre !

Être la coqueluche (de quelqu'un)

Avoir la faveur (de quelqu'un) ; faire l'objet des conversations ; être aimé, admiré

On ne sait pas vraiment expliquer l'origine du mot *coqueluche*, qu'on utilise toutefois au moins depuis 1414 – à ne pas confondre avec 1515, *coqueluche* des professeurs d'histoire. Peut-être une poule fatiguée d'être suivie par un mâle pervers a-t-elle un jour décidé de parler de lui dans les feuilles de chou de la basse-cour : « Le bourreau des cœurs était un coq louche. »

La *coqueluche* désigne d'abord un *capuchon*, avant de prendre, au milieu du XVe siècle, son sens de maladie infectieuse qui se caractérise notamment par une forte toux convulsive (peut-être en référence au chant du *coq*, selon une étymologie populaire, ou bien au *capuchon* que l'on faisait parfois porter aux malades).

On commence à employer le terme *coqueluche* au sens figuré vers 1625 pour désigner une personne que tout le monde aime. *Coqueluche* a ici son sens de *capuchon* et on peut rapprocher cet usage de l'expression *être coiffé de quelqu'un* (« être amoureux »). Par métonymie, la tête (*avoir quelqu'un dans la tête*) est remplacée par la coiffure.

Aujourd'hui, la *coqueluche* est le favori ou la favorite, l'idole, la personne admirée de tous. On parle par exemple parfois de la *coqueluche des médias* pour une personnalité très en vue. Le fait que ce mot curieux ait perduré tient probablement à son étrangeté. L'engouement pour cette *coqueluche* rend les autres expressions malades de jalousie.

**La voilà,
la maladie d'amour !
L'embêtant, c'est
d'être la coqueluche
de quelqu'un qui vous
donne des boutons.
L'amour n'est pas
contagieux au point
qu'il soit toujours
réciproque, mais
c'est toujours mieux
qu'être pris en grippe.**

Laurent Ruquier

Être le dindon de la farce

Être la victime, la dupe, dans une affaire

Le *dindon* (d'abord *d'Indon*, 1605) a toujours eu la réputation d'un animal vaniteux et sot, de même que la dinde. Et la *farce* est depuis longtemps une plaisanterie, un mauvais tour amusant (1330).

Deux hypothèses existent sur l'origine du *dindon de la farce*. Première possibilité : cela pourrait venir des *ballets des dindons*, amusements populaires et tortures animales pratiquées à Paris au début du XIXe siècle, qui consistaient à enfermer des dindons dans une cage avec un plancher en tôle que l'on faisait chauffer peu à peu. Les passants, sans cœur, s'amusaient de voir les dindons sauter, caqueter et danser de douleur. Ces spectacles ont été interdits en même temps que les combats de coqs ou de chiens, par une ordonnance de 1844. Seconde hypothèse : cela pourrait avoir dérivé des *pères dindons* qui, jusqu'à la Révolution, étaient des farces de théâtre, des comédies légères dans lesquelles les pères étaient dupés par leurs fils.

Ce qui est sûr, c'est que le *dindon de la farce* ne vient pas de l'argot des dîners de Noël et du hachis épicé dont on emplit le *dindon* sans son consentement.

L'expression a été définitivement popularisée par la pièce de Georges Feydeau, *Le Dindon* (1896). Aujourd'hui, le *dindon de la farce* est la victime d'une blague. Il peut aussi désigner la personne qui subit les inconvénients d'une affaire, là où les plus chanceux ou les plus retors savent tirer profit. Dans tous les cas, le *dindon de la farce* est un sacré pigeon.

Laurent Ruquier

Chez Feydeau, c'est Pontagnac, le dindon de la farce. On peut même dire qu'il est fait marron. Pourtant, à Noël, c'est souvent le marron qui est la farce du dindon et non pas l'inverse. Comme quoi on peut toujours adapter une recette.

Être zinzin

Être un peu fou, bizarre

Pas besoin d'avoir appris à compter à l'asile pour savoir que zinzin font deux.

Le mot *zinzin* est une construction récente (1914) doublant l'onomatopée *zin* (XVIe siècle), qui évoque un bruit. Il a dans un premier temps le sens d'« engin bruyant », puis devient un équivalent de *bidule* ou *truc*, lorsqu'on a oublié le nom d'un objet (1945).

Ce n'est que depuis les années 1950 que le *zinzin* est une personne folle, bizarre, un peu loufoque, cinglée. Ce sens a probablement été influencé par le *zozo* (d'abord le nom d'un personnage comique de cirque, 1868 ; puis synonyme familier de *niais*, 1900) et par l'allemand *wahnsinn* (folie).

On le retrouve par exemple sous la plume de Georges Perec dans sa célèbre *Disparition* (1969) :

> « Abandonnant Longchamp aux fanas du turf, aux zinzins du dada, on prit un autobus qui allait à Paris. »

Il faut dire que, pour écrire un livre entier sans la lettre *e*, il devait, lui aussi, être un peu zinzin.

Si tous les zinzins étaient en zonzon, la vie serait-elle plus zen zen ? Pas sûr ! On est toujours le zinzin de quelqu'un. C'est d'ailleurs mon histoire préférée : un fou qui escalade le mur de son asile aperçoit tous les gens dans la rue et leur demande : « Vous êtes nombreux là-dedans ? »

Laurent Ruquier

Faire avancer le schmilblick

Faire progresser les choses, apporter des éléments nouveaux et déterminants

Ce mot à l'apparence germanique (ou bien peut-être yiddish ?), difficile à écrire et au sens imprécis, a été créé par Pierre Dac en 1949. Il s'agit d'un objet complètement imaginaire, qui, selon l'absurde humoriste, sert à la fois à tout et à rien :

> « Le schmilblick des frères Fauderche est, il convient de le souligner, rigoureusement intégral, c'est-à-dire qu'il peut à la fois servir de schmilblick d'intérieur, grâce à la taille réduite de ses gorgomoches, et de schmilblick de campagne grâce à sa mostoblase et à ses deux glotosifres qui lui permettent ainsi d'urnapouiller les istioplocks même par les plus basses températures. »

Le *schmilblick* a été popularisé par un jeu télévisé créé en 1969 (*Le Schmilblic*, sans *k*), présenté par Guy Lux, parodié dans un célèbre sketch de Coluche (*Le Schmilblick*, avec un *k*, 1976). Lorsque les participants n'avaient pas la réponse, ils pouvaient décider de *faire avancer le schmilblick* en posant une nouvelle question (et donc se rapprocher de la réponse).

Faire avancer le schmilblick est donc devenu « faire avancer une situation ». Le *schmilblick* peut également avoir le sens d'« opération en cours », mais aussi parfois de « chose qu'on ne peut pas ou qu'on ne souhaite pas nommer » (comme un *trucmuche* ou *machin*).

Franchement, qu'est-ce que c'est que ce *schmilblick* ?

Laurent Ruquier

On se souvient de papy Mougeot de Cajarc qui, dans le sketch de Coluche, ne faisait pas du tout avancer le schmilblick tant il avait du mal à le prononcer. Sachez que, contrairement à ce qui est dit dans ce sketch culte, Cajarc se situe dans le Lot, et non pas dans l'Aveyron. Je dis ça pour faire avancer le…

Faire des yeux de merlan frit

Lever les yeux au ciel de façon ridicule en ne montrant que le blanc des yeux ; faire des regards énamourés et ridicules

Si on vous voit faire les yeux doux à quelqu'un ou le dévorer du regard, cela sautera aux yeux qu'il vous a tapé dans l'œil. Il est vrai que l'amour donne l'air bêta et exalté des *yeux de merlan frit*.

Le mot *merlan* a dérivé du *merle* qui désignait jadis à la fois l'oiseau, passereau des jardins, et le poisson de mer (1554). Au XVIIIe siècle, le *merlan* est aussi le nom familier du coiffeur, car les perruquiers étaient blancs de poudre, comme des merlans enfarinés avant d'être mis dans une poêle.

Les *yeux de merlan frit* datent de la fin du XIXe siècle (1888), mais on trouve dès le XVIIIe siècle les *yeux de carpe pâmée*, puis *faire l'œil de carpe*, ayant un sens proche. Une fois passé par le feu ou par l'huile, le pauvre poisson voit ses yeux devenir complètement blancs, comme s'ils étaient révulsés, presque extatiques. *Avoir des yeux de merlan frit* s'est d'abord dit de l'air stupéfait des personnes surprises, étonnées, ou levant les yeux au ciel (ne laissant voir que le blanc de leurs yeux). L'écrivain Léon Bloy parlait des *yeux de merlan au gratin* (1887). Aujourd'hui, ce sont plutôt les personnes amoureuses qui *font des yeux de merlan frit* en se regardant niaisement et langoureusement.

Si vous tenez à quelqu'un comme à la prunelle de vos yeux, prenez garde à la friture sur la pêche à la ligne.

Un petit poisson, un petit oiseau s'aimaient d'amour tendre. Mais comment s'y prendre ? L'oiseau pêcha devant l'Éternel. Le merlan se mit à poêle. Et l'oiseau put ainsi lui lancer dans les yeux : « Il a frit, il a tout compris ! »

Laurent Ruquier

Faire la nouba

S'amuser, faire la fête

La *nouba* (1845) est un mot emprunté à l'arabe du Maghreb *nūbă*, équivalent de l'arabe classique *nawba*, qui signifie « tour, tour de rôle » et, par extension, le service de garde d'une maison ou d'un palais. Par métonymie, le mot désigne le concert de musique qui a lieu périodiquement devant la maison d'un officier ou d'un dignitaire, puis, plus généralement, un concert, une fanfare ou un orchestre. C'est aussi une œuvre de musique classique andalouse, se composant de mouvements qui s'enchaînent dans un ordre bien précis.

C'est l'armée coloniale d'Algérie qui rapporte la *nouba* en métropole. Elle désigne alors plus généralement la musique des tirailleurs algériens. Vers la fin du XIXe siècle (1898), *nouba* prend son sens actuel de « noce, fête », le plus souvent bruyante. Le mot a été popularisé par l'argot des militaires de la guerre de 14-18.

On peut désormais faire la *nouba* sans fifres ni tambourins, sans les oripeaux des fêtes coloniales, du moment qu'on s'accorde pour choisir la musique à tour de rôle. Et ça, ce n'est pas gagné.

Laurent Ruquier

Les origines arabo-andalouses de cette expression restent à prouver. Ça vient en fait de Montélimar où les habitants sont connus pour avoir particulièrement le sens de la fête. Les noubas de Montélimar ont un rayonnement international. On fait la fête pendant plusieurs nuits en dansant sans jamais s'arrêter, au point d'en avoir plein les… nougats (autre spécialité locale qui a fait autant pour la confiserie que pour la confusion).

Faire le pied de grue

Attendre debout

L'engin de chantier et l'oiseau du même nom ont en commun d'être hauts sur leurs pieds. Et c'est le second qui donna son nom au premier. Quant aux grues des trottoirs, il n'est pas certain qu'elles prennent toujours leur pied.

L'expression *faire le pied de grue* prend la suite de *faire la grue* (XVIe siècle) et *faire la jambe de grue* (XVIIe siècle). Elle renvoie à l'image de l'oiseau échassier qui se tient souvent immobile sur une patte. *Faire le pied de grue* signifie que l'on attend en restant debout.

Dès le XVIe siècle, la grue a mauvaise réputation et donne quelques expressions pas très flatteuses : *être grue* (« être sot »), *suivre la multitude comme les grues* (« suivre comme des sots sans savoir où l'on va », chez Jean Calvin), *s'en aller comme des grues* (« partir sans savoir où l'on va »).

Les prostituées, attendant sur le trottoir, ont très vite gagné le surnom de *grues* (1415). Georges Brassens a pour ces oiseaux tristes une amicale empathie :

> « Car même avec des pieds de grue
> Faire les cent pas le long des rues
> C'est fatigant pour les guiboles »
>
> *La Complainte des filles de joie*, 1961.

Qui n'a jamais poireauté sans pour autant être comparé au socle d'un engin d'élévation, au panard d'une péripatéticienne ou, mieux, d'une patte d'échassier ? Ça me fait penser à l'Inuit dont le rendez-vous galant est en retard, qui fait le pied de grue dans le froid et qui, poireautant depuis trente minutes, finit par sortir un thermomètre de sa poche et se convainc : « Si, à moins vingt, elle n'est pas là, je me tire ! »

Laurent Ruquier

(En) faire (tout) un fromage

Grossir démesurément l'importance d'un fait

Si la crémière vous donne du beurre en vous rendant l'argent du beurre, n'en faites pas *tout un fromage* à en *boire votre petit-lait* et à vous prendre pour *la crème de la crème*. C'est simplement qu'elle aura mal comté. Et puis, quelques euros, ça ne fait pas un mont-d'or.

On a parfois pensé que la locution *en faire tout un fromage* venait de la difficulté qu'il y aurait à fabriquer du bon fromage, à partir d'un ingrédient principal d'une grande simplicité. Mais ce n'est en fait pas une histoire de coagulation du lait. Selon Gaston Esnault, spécialiste des argots, on rencontre cette expression au moins depuis 1928. Dans le monde du théâtre, le *fromage* ou *fromage blanc* est en fait l'emplacement laissé blanc sur une affiche pour inscrire le nom d'une vedette (cet usage du mot est attesté en 1905). *En faire un fromage* ou *en faire tout un fromage*, c'est donc donner beaucoup d'importance à quelque chose en lui consacrant le fromage de l'annonce publicitaire. Par ironie, on l'a utilisé pour des petites célébrités sans reconnaissance, puis pour toute chose qui ne nous semblait pas mériter l'importance qui lui était accordée.

Il faut avoir le sens des priorités. Voilà une leçon de vie pour les petits bleus.

Laurent Ruquier

La France vous offre tout un tas de possibilités équivalentes : « Faire beaucoup de brie pour rien », « Ne pas être bonne pâte », « Faire un caprice des dieux », « Oui, nous vous le reblochons ! », « Je ne vais pas m'en laisser comté ! » et autres de nos spécialités servies sur un plateau.

(En) faire (tout) un pataquès

(En) exagérer l'importance ; (en) faire une situation qui prend des proportions exagérées

Au moindre patatras, certaines personnes nous disent *patati-patata* alors que la situation ne mérite pas qu'on *en fasse tout un pataquès*.

On a pu penser que le *pataquès* était justement un mot voisin de *patatra* ou de *patati-patata*, onomatopées exprimant l'idée de bruit. C'est en fait une invention de la fin du XVIIIe siècle (1784), rappelant de manière comique la faute de liaison dans *je ne sais pas-t-à qu'[qui] est-ce*. C'est une erreur répandue chez celles et ceux qui n'ont pas bûché le Bescherelle que de substituer un *t* à un *s* (ou l'inverse) et de manière générale de laisser entendre des consonnes de liaison inexistantes. Ainsi, *faire un pataquès* est attesté en 1827 pour exprimer une erreur grossière de langage. L'expression prend progressivement le sens plus général de « faute grossière » et de « bévue ridicule », pas forcément en matière de langue. Cela devient finalement une « situation confuse » ou même un « scandale » vers la fin du XIXe siècle (1892).

Un *pataquès* est aujourd'hui un manque d'organisation ou une situation prenant une importance exagérée.

Il faut savoir éviter de faire un drame de quelque chose qui n'est pas tragique. Ce sont là les maux comiques des liaisons dangereuses...

Il s'agit là d'une version zancienne des *Liaisons dangereuses.* M. Pierre Choderlos de Laclos en fit toute une histoire entre personnes à particule alors qu'au départ il s'agissait de liaisons entre des mâles *Tapropo* et des *Fizza* mariées, à une époque où on ne pouvait pas t'aller dans des zautels du groupe Accor et fauter comme on voulait.

Laurent Ruquier

Faire un carton

Réussir

Si les joueurs de football agressifs ont souvent des *cartons* et que les joueurs de tarot *tapent le carton*, notre expression *cartonne* surtout chez les forains.

Lorsqu'on *touche le carton* des stands de tir dans les fêtes foraines, c'est qu'on parvient à atteindre sa cible. Une série de tirs réussis est donc appelée un *carton*. Aussi, *faire un carton* (xxe siècle) ou *cartonner*, c'est marquer des points et, plus généralement, réussir.

Attention, *faire carton plein* vient des lotos ou bingos populaires, où l'on gagne un lot dès qu'on a rempli sa fiche.

L'expression *faire un carton* peut aussi s'employer dans le domaine militaire. Blaise Cendrars parle de « *faire quelques cartons* dans les tranchées allemandes » (*La Main coupée*, 1946). Et *être à côté de la plaque* n'est pas très éloigné : la plaque est la cible du champ de tir à l'entraînement. Et celui qui est trop *à côté de la plaque* n'a plus qu'à *faire ses cartons*.

Laurent Ruquier

Personnellement, j'ai toujours préféré le stand « Croustillons et pommes d'amour » ou « Pêche aux canards en plastique » à l'attraction qui consiste à viser au mieux sur une cible cartonnée dans le but de repartir avec un petit nounours en peluche. Vu mon habileté, ce sont plutôt les peluches qui recevaient les plombs. D'ailleurs, même quand je déménage, je préfère faire appel aux déménageurs bretons, plus doués que moi pour faire les cartons.

Faire un tabac

Avoir un grand succès

Si le *Dom Juan* de Molière (1665) s'ouvre par un éloge du tabac, c'est peut-être que Poquelin s'attendait à ce que la pièce *fasse un carton* (p. 196). Car *faire un tabac* n'est pas une affaire de nicotine, mais de théâtre.

Tabac a donné un certain nombre de locutions familières par son homonymie avec le verbe *tabasser*, comme *passer à tabac* (« assommer, bourrer de coups ») ou bien le *coup de tabac* (un « vent violent en mer »). Au début du XXe siècle, l'argot du théâtre, reprenant l'idée de frapper, appelle *tabac* les applaudissements des spectateurs. Ainsi, des acteurs populaires ou les pièces qui marchaient avaient *gros tabac*, car le public les acclamait en tapant bruyamment dans ses mains. Lorsque les applaudissements étaient prévus (parfois achetés par les patrons de théâtre ou les producteurs, ce que montre Balzac dans ses *Illusions perdues*, 1837), comme c'est encore le cas dans les émissions de télévision aujourd'hui, on appelait cela la *claque*.

L'expression *faire un tabac*, qui s'est progressivement imposée au XXe siècle, signifie donc qu'on obtient un succès important. Même si la célébrité reste un écran de fumée.

Quand j'étais
encore fumeur,
il m'est arrivé de faire
un, deux, trois tabacs
avant d'en trouver un
ouvert le dimanche.
Celui qui reste ouvert
le dimanche fait
en tout cas vraiment
un gros succès, même
si l'expression ne
vient pas de là.

Laurent Ruquier

Fier comme un pou

Très orgueilleux

Cette expression repose sur un malentendu. En effet, on fait une sale réputation à l'insecte capillaire, alors que *pou* vient de l'ancien français *pouil* ou *poul* (XIIIe siècle), qui sont des formes dialectales du latin *pullus*, désignant le *coq* (le « *pou*let »). On disait par exemple *fier comme un pou sur son fumier*, qui a disparu, car l'expression n'était plus vraiment comprise. Oubliant les plumes, on a réinterprété l'expression avec la petite bête, ce qui a notamment donné *fier comme un pou sur un chignon*.

Fier comme un pou, c'est donc *fier comme un coq*, c'est-à-dire « briller par son orgueil ». *Être vexé comme un pou*, c'est quand cette fierté conduit à une grande susceptibilité.

Le pou a globalement mauvaise réputation. On peut être *laid comme un pou* (« très laid », 1798), *sale comme un pou* (« très sale »), *chercher des poux* (« chercher querelle pour de mauvaises raisons », 1790) ou *être pouilleux* (« être dans la misère » – suivant l'idée que les pauvres seraient sales et auraient des poux).

Ces petites puces ont des vies de chien dans nos dictionnaires.

Laurent Ruquier

Voilà que j'apprends que les poux seraient des coqs ! Il n'y a pas de quoi être fier. Le mieux c'est de porter une crête et ceux qui vous en chercheraient sur la tête pourront rabaisser leur caquet.

Un joyeux drille

Joyeux compagnon, homme jovial

Le *joyeux drille* est le genre de gai camarade qui met de l'ambiance partout où il passe. Cette expression ne s'utilisant qu'au masculin, on comprend la lancinante interrogation de Patrick Juvet (1977) : « Où sont les femmes ? »

Au XVIIe siècle (1628), le *drille* est un soldat à pied, un fantassin. Et le terme a d'emblée une connotation méprisante pour ces hommes du rang. On ne sait pas avec certitude si le terme militaire vient de là mais, en ancien français, le *drille* est une guenille, un vieux chiffon. Peut-être y a-t-il également un lien avec le néerlandais *drillen*, « courir çà et là ». Toujours est-il que l'argot a fait du *drille* un soldat vagabond, un soudard. Des locutions comme *pauvre drille*, sortie d'usage depuis le milieu du XXe siècle, rappellent la dure vie de ces *pauvres diables*. Quant au *vieux drille*, également disparu, il désignait le libertin d'un certain âge, qu'on croise dans ces vers de Goethe (*Faust*, 1808), traduits par Gérard de Nerval :

> « Au signal du plaisir,
> Dans la chambre du drille
> Tu peux bien entrer fille,
> Mais non fille en sortir. »

Dès 1680, on rencontre *bon drille* ou *joyeux drille*, qui convoquent l'image joyeuse du franc camarade de caserne. Le *joyeux drille* est un bon copain, toujours prêt à amuser sa compagnie. Un *zouave* (1901) qui fait le *boute-en-train* (p. 88), un *gai luron* amateur de bamboches et de farces.

Une *joyeuse drille* existe aussi, mais elle ne désignera qu'une chignole qui aura réussi à percer. Les drilles seront d'ailleurs plus ou moins joyeuses en fonction des forêts qu'elles fréquentent. Pour plus de renseignements, s'adresser directement à Leroy Merlin ou Monsieur Bricolage qui ne plaisantent pas avec ça.

Laurent Ruquier

L'avoir dans le baba

Se faire duper, se faire avoir

Comment rester *baba cool* quand on l'a dans le *baba* ? Le *baba* désigne, au début du XXe siècle, le sexe féminin. Le *baba* est d'origine incertaine, mais il est probablement lié aux *babines*, à la *bouche* (*bucca* en latin). C'est la métaphore classique entre la bouche et la vulve (comme pour les lèvres), par métonymie, qui donne au *baba* un sens proche de la possession sexuelle ou de la tromperie.

Baba désigne désormais le postérieur. *L'avoir dans le baba*, c'est donc *l'avoir dans le cul*. Si l'expression n'a pas plus d'un siècle, l'image est plus ancienne et les récits carnavalesques du Moyen Âge moquaient déjà de cette manière les personnes trompées.

Qu'on l'ait *dans l'os*, *dans le dos* ou qu'on *se fasse enfler*, il n'est jamais drôle d'être floué.

Notons que *rester baba* (stupéfait) viendrait plutôt d'*ébahi*, et que le nom du gâteau *baba* est un mot turc passé par le polonais. Tous les chemins mènent au rhum.

Laurent Ruquier

Il y a encore quelques centaines d'années, on baptisait les enfants avec du rhum. Ainsi est né « le bébé au rhum », ce qui surprendra quelques bobos à qui Bibi avait envie d'en mettre dans le baba.

L'occasion fait le larron

Les circonstances peuvent amener à commettre des actes imprévus

Attesté sous cette forme vers 1677, *l'occasion fait le larron* est une traduction de l'expression latine médiévale *occasio facit furem*. À l'origine, le proverbe s'applique plutôt à des actes immoraux. On croise d'ailleurs *l'occasion fait le péché*, au milieu du XVIe siècle, dans *L'Heptaméron* de Marguerite de Navarre. En effet, *larron* vient du latin *latro*, qui signifie « voleur ». D'ailleurs, l'espagnol et l'italien ont gardé *ladron* et *ladrone*. Dans la Bible, Jésus sur la croix est entouré du *bon larron* et du *mauvais larron* (le premier se repentant avant sa mort, contrairement au second). Le sens originel de *l'occasion fait le larron* serait donc : « on devient voleur lorsque l'occasion de voler se présente ».

L'expression *s'entendre comme larrons en foire* renvoyait, de la même manière, aux pickpockets qui font les poches aux passants dans les foires. Elle signifie désormais simplement qu'on s'entend très bien.

Aujourd'hui, *l'occasion fait le larron* n'est plus forcément un jugement de valeur sur les actes de la personne. On voit d'ailleurs plutôt comme une qualité le fait de savoir saisir une occasion qui se présente. Pour qui a un peu de courage, l'occasion mène la ronde.

Un pauvre homme adepte de l'autodéfense avait voulu acheter des mines antipersonnel pour les installer dans son jardin et, pauvre larron, par mégarde, il a sauté sur l'occasion. Comme quoi il vaut mieux acheter du neuf.

Laurent Ruquier

Manger / bouffer comme un chancre

Manger / bouffer avec excès, avec voracité

Le *chancre* (1200-1250) est un terme désormais peu utilisé, originaire du bas latin *cancrus* (VIe siècle), qui signifie « crabe ». En médecine, le terme a pris le sens spécifique de « tumeur » (« cancer ») ou d'« ulcère ». Le double sens de crustacé et de maladie qui ronge de l'intérieur était déjà présent dans le grec *karkinos*.

Manger comme un chancre est une métaphore de très mauvais goût, apparue au XVIIIe siècle, et que l'on doit probablement à l'humour douteux des carabins. Le cancer dévorant celui qui en est atteint, on a associé l'image avec le fait de manger plus que de raison, de dévorer son repas.

L'expression a peut-être aussi été influencée par le *chantre*, terme désignant les chanteurs des offices religieux. Et puisque les moines avaient la réputation de bien vivre en dehors des prières, on disait parfois *gras comme un chantre*.

Il faut savoir rester mesuré à table, même lorsque l'on a très faim, sous peine de passer pour un cancre des bonnes manières. (Le *cancre* est aussi un cousin du *cancer*, mais le sens de « mauvais élève » renvoie à la démarche lente du crabe.)

Laurent Ruquier

Voilà une expression peu heureuse qu'on pourrait résumer en « plus gourmand, tumeur ! ». Certes, il vaut mieux se remplir à l'extérieur qu'être dévoré de l'intérieur, mais il est plus sage d'en connaître un rayon sur la nature du crabe avant d'en redemander.

Le menu fretin

Les petits poissons que le pêcheur rejette généralement à l'eau ; ce que l'on considère comme négligeable, insignifiant

Pourquoi appelle-t-on *fretins* les petites fritures ?

Fretin (1193) vient de l'ancien français *fret* ou *frait* qui signifie « débris ». Il s'agit du participe passé d'un verbe aujourd'hui disparu, *freindre* (« briser », 1080), qui nous a malgré tout laissé *enfreindre* ou *fraction*. *Fretin* avait ainsi le sens de « petits débris ». Mais cela n'est plus d'usage.

Depuis le XVIe siècle, le *fretin* ou le *menu fretin* désigne les poissons trop petits pour être conservés à la pêche (notamment pour les morues). Cela a également pu servir à juger d'autres marchandises (le *fretin* étant la moins bonne qualité d'un produit). Depuis 1606 et jusqu'à aujourd'hui, on emploie *(menu) fretin* au sens figuré, pour parler de choses ou de personnes insignifiantes.

Marivaux utilise l'expression dans son *Paysan parvenu* (1734), pour parler du rang social de certaines personnes :

> « Pour ce qui est de mes autres parents, ce n'est pas du fretin non plus ; on les appelle monsieur et madame. »

Peut-être les reconnaît-on au fait qu'ils ne font pas de menus repas.

Si on considère qu'on rejette à l'eau les petits poissons qui ne feront pas la gloire du pêcheur, mieux vaut donc être du menu fretin et garder la vie, qu'être un gros poisson et finir au menu.

Laurent Ruquier

Mettre le grappin sur quelqu'un

Se rendre totalement maître de quelqu'un, accaparer quelqu'un

Le *grappin* (1382) est un mot dérivé de *grappe*, qui signifie d'abord « crochet » (XIIIe siècle). Le *grappin* est ensuite un terme de marins pour désigner une « petite ancre » (1382) ou un « crochet d'abordage » (1466), avant de prendre au début du XVIIIe siècle un sens plus général, désignant désormais un « instrument muni de crochets ».

La locution *mettre le grappin sur quelqu'un* (attestée en 1740 dans le *Dictionnaire de l'Académie française*) est une métaphore du crochet d'abordage des bateaux. Quand on *met le grappin*, c'est qu'on ne lâche pas, qu'on tient fermement ou qu'on s'approprie quelque chose. On retrouve l'expression chez Zola (*L'Assommoir*, 1876) sous la forme *jeter le grappin*, aujourd'hui désuète :

> « Il avait dû jeter le grappin sur le magot de sa bourgeoise, des économies gagnées au joli jeu que vous savez. »

À quelqu'un qui vous met le grappin dessus, vous pourriez répondre grossièrement : *Lâche-moi la grappe* (« Laisse-moi tranquille »). Cette *grappe*-là, malgré la ressemblance, n'a pourtant rien à voir avec le crochet. Et il ne s'agit pas non plus de la tige qui porte les grains de raisin. C'est une métaphore des testicules et du sexe masculin. D'aucuns cacheraient cette vulgarité avec une pudique feuille de vigne.

Laurent Ruquier

Si vous voulez aborder quelqu'un que vous trouvez « bateau », l'expression garde son sens originel, mais quitte à vivre aux crochets de quelqu'un, autant qu'il appartienne au gratin et, ça, mettre le grappin sur quelqu'un du gratin, reste une activité très répandue.

(Se) monter le bourrichon

(Se) monter la tête ; (s')illusionner

« Oh ! comme il faut se monter le bourrichon pour faire de la littérature », s'exclame Flaubert dans une lettre en 1860. Un sentiment exalté de dépassement de soi qui rappelle que l'humain est un peu plus qu'une coquille d'huître qui parle.

Le *bourrichon* dérive de la *bourriche*, panier oblong et rigide sans anses, servant à transporter les huîtres (ou d'autres fruits de mer), et il désigne la tête. C'est une trajectoire sémantique par analogie de forme qu'on retrouve avec beaucoup d'autres récipients : la carafe, le caisson, la tirelire, la fiole, la cafetière, et on en passe. Les contenants servent souvent à évoquer le « crâne ». D'ailleurs, *tête* vient du grec *testa*, qui signifie « coquille ».

Monter rappelle l'idée d'« aller plus haut ». *Se monter le bourrichon*, ce serait donc littéralement « mettre la tête trop haute », c'est-à-dire s'exalter d'une manière qui peut s'approcher du ridicule. Petite nuance avec *monter le bourrichon à quelqu'un*, qui est plus péjoratif et laisse penser à une tromperie, à une illusion. C'est ce sens qu'on retrouve par exemple chez Proust (*Le Côté de Guermantes*, 1920) :

> « Non, c'est probablement sa petite grue qui lui aura monté le bourrichon. Elle lui aura persuadé qu'il se classerait parmi les "intellectuels". »

Cela revient à faire *prendre des vessies pour des lanternes* (p. 240) !

Inutile de se monter la tête pour un panier à huîtres qui n'aurait même pas d'anses. Au moins, la tête, elle, a deux oreilles qui permettent de la saisir par les côtés. Donc, prenez-vous la tête, mais ne cherchez plus la difficulté à attraper le bourrichon de qui que ce soit.

Laurent Ruquier

Monter sur ses grands chevaux

Prendre de haut ; se mettre en colère et parler avec autorité, prétention

L'expression *monter sur ses grands chevaux* est ancienne (avant 1592), mais ses origines sont débattues – une étymologie ne *se trouve pas sous le sabot d'un cheval*.

L'expression n'aurait, selon M. Heron (cité par Alain Rey et Sophie Chantreau dans leur *Dictionnaire des expressions et locutions*), rien à voir avec les canassons. Ce serait une amusante déformation de dialecte de : *que vaut*. Elle rappellerait une question rhétorique des débats. Les *grands chevaux* seraient donc les arguments, les grandes raisons. Un peu comme *monter sur ses ergots*, qui dérive du latin *ergo*, signifiant « donc » (rappelant l'argumentation). Cela serait d'ailleurs cohérent historiquement, car on croise les *grands chevaux* avant l'expression complète.

D'autres sources expliquent qu'on devrait l'expression à des souliers du XVIe siècle ayant de hauts talons rouges qu'on appelait *grands chevaux* (permettant de regarder quelqu'un de haut). D'autres renvoient la phrase à l'ardeur des *grands chevaux* qu'on utilise à la guerre et au fait d'être prêt à se faire raison au fil de l'épée. D'autres encore aiment rappeler que les « Grands Chevaux de Lorraine » étaient les quatre grandes familles de la cour de Lunéville, château des ducs de Lorraine, auxquelles les autres familles, les « Petits Chevaux », voulaient ressembler. Cela renverrait donc à l'idée de « prendre des airs hautains ».

Difficile de mettre tout le monde d'accord. On en saura plus quand quelqu'un fera de cette expression son *cheval de bataille* (son sujet favori, 1690).

Laurent Ruquier

Il peut arriver, si on est à cheval sur les principes, de réagir plus qu'il ne faudrait face à quelqu'un d'un peu cavalier ; mais notons qu'on dit rarement de quelqu'un qui garde son calme qu'*il monte sur son poney*. Comme quoi on aura beau dire que ce n'est pas la taille qui compte, c'est plus facile de se montrer à la hauteur si on veut mettre le pied à l'étrier. Avouez que tout ça ne manque pas de selle.

Ne pas se moucher du pied

Avoir de grandes prétentions, se croire quelqu'un d'important ; être riche

Il faut être très souple pour se moucher du pied. Ceux qui y parviennent pourront profiter de l'occasion pour péter plus haut que leur cul.

Moucher vient du latin *muccare*, qui signifie « *morve* » (et qui nous a laissé *mucus*). Au XVIe siècle, on employait *ne pas se moucher du pied* (ou *du coude*) pour dire « ne pas se laisser tromper » ou « faire preuve d'habileté, de savoir-faire » (car *moucher* avait aussi le sens de « tromper » ou « séduire par des arguments »).

À la même époque, on rencontre *savoir se moucher son nez* pour « savoir se conduire, être habile ». La bonne société savait donc se moucher son nez et ne se mouchait pas du pied – chez Agrippa d'Aubigné, on rencontre aussi *du talon* (1617).

Aujourd'hui, l'expression s'emploie lorsque quelqu'un surestime ses compétences ou son importance. Elle souligne l'outrecuidance de l'enrhumé. Elle peut aussi désigner quelqu'un qui montre sa richesse – et peut se payer des mouchoirs en soie.

C'est vrai que si on compare le pied droit avec le pied gauche, leur arrivée se fait souvent dans un mouchoir. Peut-on pour autant se moucher avec ? Ce serait comme un pied de nez à cette expression qui se hausse un peu du col, et même on pourrait dire « qui se la pète » soit à mi-hauteur entre le pied et le nez. Bref, si vous prenez votre nez plutôt que votre pied et que vous vous mettez les doigts dans le pied plutôt que dans le nez, il n'y a pas de quoi être fier.

Laurent Ruquier

Ne rien avoir dans le ciboulot

Être bête, idiot

La *ciboule* est l'autre nom de l'*oignon*. Par analogie de forme avec le bulbe et probablement par proximité sonore avec la *boule*, l'argot lui donne le sens de « tête » (1867). Elle est rapidement remplacée dans ce sens par le ciboulot (1883).

Pour la *ciboule*, le latin avait *caepulla*, l'espagnol a gardé *cebolla* et l'italien *cipolla*. Dans la Botte, on appelle *cipollata* un plat fait à base d'oignons. Le mot est passé en français avec la... *chipolata* (1866) ! Initialement, la reine des barbecues est en effet préparée avec des oignons.

Si vous *n'avez rien dans le ciboulot*, c'est que vous avez la tête vide. Que vous êtes bête. Vous risquez donc qu'on vous prenne pour une saucisse.

Si vous vous énervez à cause d'un fâcheux à mauvais caractère, on pourra dire que vous en *avez gros sur la patate* (p. 142) à cause d'une *tête de lard*. Lorsque ce gredin est un sot mais demeure *coq en pâte*, cela signifie que, bien qu'il n'ait *rien dans le ciboulot*, il est *aux petits oignons*.

Comme quoi, il y a à boire et à manger dans nos expressions.

Laurent Ruquier

Vaut-il mieux ne rien avoir dans le petit oignon ou dans le gros ? C'est une question sans queue ni tête sur laquelle une demi-douzaine d'experts se sont penchés faisant ainsi leur métier et même leurs six boulots.

On n'est pas sorti de l'auberge

On n'en a pas fini avec les ennuis, les difficultés

On n'est pas sorti de l'auberge, mais des choux, paraît-il. Quant aux maniaques de la moussaka, difficile de les sortir de l'aubergine.

Mais rien à voir avec la cuisine ici. Aujourd'hui, *auberge* est largement moins utilisé qu'*hôtel* pour désigner des logements collectifs à la nuit. On ne l'emploie guère que pour les petits établissements de campagne. En argot, *auberge* signifie « prison ». Il est très probable que l'expression *on n'est pas sorti de l'auberge* vienne de ce sens négatif d'empêtrement, de blocage. *Ne pas être sorti de l'auberge* signifie que la situation fâcheuse ou difficile n'est pas dénouée.

Il ne faut pas confondre avec l'*auberge espagnole*, qui est un lieu (ou une situation) dans lequel on ne trouve que ce qu'on a apporté soi-même. Cela viendrait d'une rumeur de voyageurs selon laquelle il valait mieux apporter à boire et à manger lorsqu'on dormait à l'auberge au-delà des Pyrénées, sous peine de se retrouver au régime sec. *L'Auberge espagnole* est aussi un célèbre film de Cédric Klapisch (2002), pour les nostalgiques des années Erasmus où, sans *rouler sur l'or*, on pouvait *rouler sa bosse* partout en Europe.

Dans les années 1830,
l'*escape game* n'avait pas
encore été inventé, mais
l'auberge en question semble
en être à l'origine. De nos jours,
il est plus difficile d'entrer
dans un restaurant que
d'en sortir. Il arrive même
qu'en vous apportant l'addition
en même temps que le dessert
on vous fasse comprendre
qu'il y a un deuxième service
et qu'il est temps de sortir
de l'auberge. Quand on pense
que certains disent que la vie
est moins facile aujourd'hui...
Ils ne sont pas au bout
de leur peine.

Laurent Ruquier

Passer du coq à l'âne

Passer brusquement d'un sujet à un autre très différent, sans liaison ; tenir des propos incohérents

Le mot *coq* est attesté dans *Le Bestiaire* de Philippe de Thaon (1121). On le doit probablement à l'onomatopée rappelant le bruit de l'animal. Son nom est *coccus* en bas latin au VIe siècle et son chant *cocococo* chez Pétrone au Ier siècle (pour notre *cocorico*).

L'origine de *passer du coq à l'âne* n'est pas évidente. Elle s'explique peut-être par le fait que *ane* (sans circonflexe) signifie *canard* jusqu'au XIVe siècle (du latin *anas*). Le mot disparaît, car il porte à confusion avec notre baudet (*asne*, puis *âne*, du latin *asinus*). Or, avant de dire *passer du coq à l'âne*, on dit *saillir du coq en l'asne* (1370). On peut imaginer que cela renvoie alors au fait que, dans la basse-cour, les coqs cherchent à saillir les canes. Et que l'*ane* est devenu l'*asne* par déformation plaisante ou fautive. Par la suite, l'expression devient *sauter du coq à l'âne* (XVe siècle) puis *passer du coq à l'âne*, qui signifie qu'on passe sans prévenir d'un sujet de discussion à un autre. Une fois la parenthèse refermée, on peut *revenir à nos moutons*.

Laurent Ruquier

Il n'y a pas si longtemps, on préférait dire *passer du Coca light*, l'expression originale ayant été entachée par l'histoire de cette poule un peu trop gourmande sexuellement qui, étant passée du coq à l'âne, avait fini par avoir bien mal au cul. Et que pensez-vous du réchauffement climatique ? Je sais, ça n'a rien à voir, mais c'est pour vous donner un meilleur exemple.

Payer en monnaie de singe

Récompenser ou payer par de belles paroles, des promesses creuses ; payer en fausse monnaie

Si ce n'est pas au vieux singe qu'on apprend à faire des grimaces, celui-ci est-il pour autant mauvais payeur ?

Le *singe* connaît un grand nombre de sens figurés assez négatifs, voire injurieux. Sa parenté proche avec l'homme en fait souvent son image déformée, moqueuse, ridicule. Au Moyen Âge, c'est même l'animal du démon. L'expression *malin comme un singe* (« très habile ») repose d'ailleurs sur un contresens, car *malin* est ici le nom du diable (à l'origine, cela signifie donc « méchant »).

Payer en monnaie de singe renvoie aux anciens bateleurs qui, plutôt que de payer le péage, laissaient leurs singes faire des tours et des gambades devant le péager. De là, l'expression signifie dans un premier temps qu'on paye quelque chose avec des plaisanteries, des grimaces ou des fausses promesses. La *monnaie de singe* a aussi le sens plus général de « fausse monnaie ». C'est donc, quoi qu'il en soit, un paiement de dupe. Il faut une certaine adresse pour réussir, par des singeries, à tromper son monde. Mais si tout le monde singeait les mauvais payeurs, cela deviendrait la jungle.

Laurent Ruquier

Il arrive qu'un gorille qui reconnaît une célébrité à l'entrée d'une discothèque la fasse payer en monnaie de singe... Parfois même en échange d'une photo où elle fait « ouistiti sex », mais ne cherchons pas un gibbon au milieu des babouins, c'est quand même une coutume dépassée.

Piquer un fard

Rougir brusquement

Piquer un fard cache quelque chose de louche, qu'il s'agisse d'une honte secrète ou d'un amour inavoué. On devient rouge, on ne parvient plus à cacher nos émotions.

Dans la langue idiomatique, *piquer* a souvent le sens de quelque chose de soudain ou superficiel (comme dans *piquer un roupillon*, p. 230).

Quant à *farder* (teindre, maquiller, déguiser ; 1165), c'est probablement un cousin de l'allemand *färben*, de sens identique. À moins qu'il ne découle de *fardeau* (« charge »), par le sens figuré « charger le visage ».

Toujours est-il que le *fard* est attesté vers 1190 (sous la forme *fart*), d'abord avec le sens figuré d'« apparence ou parole trompeuse ». On dit d'ailleurs encore *parler sans fard* dans la littérature. Mais c'est surtout le sens propre de « colorer » (1213), notamment en rouge, qui subsiste dans la langue courante et dans notre expression *piquer un fard* (1878), précédée d'*avoir un coup de fard* (1867), qui signifie « rougir brusquement ».

Lorsqu'on rougit, c'est qu'on essaie de dissimuler quelque chose. Mais le résultat est qu'on ne voit que nous. Comme si on roulait plein fard.

Avant de piquer un phare, vérifiez bien qu'il s'agit du même modèle que celui dont vous avez besoin pour votre vélo, motocyclette ou automobile. Trop de phares sont encore volés sans qu'on puisse faire quoi que ce soit, d'autant que les gardiens de phare sont de plus en plus rares. Les piqueurs de phares sont donc de moins en moins timides.

Laurent Ruquier

Piquer un roupillon

Faire un petit somme

Le *roupillon* n'est pas réservé aux voisins des Languedociens et *piquer un roupillon* n'est pas une affaire de voleurs d'abricots du Roussillon.

Le *roupillon* est attesté vers la fin du XVIe siècle, mais son origine n'est pas certaine. Ce serait peut-être une onomatopée rappelant le bruit d'un ronflement saccadé. Certains ont mentionné la *roupille* (1594), qui est un ancien manteau court (à rapprocher de l'espagnole *ropa*, « robe, habit »). *Roupiller* renverrait alors au fait de s'emmitoufler pour dormir. Mais rien n'est vraiment certain. Aujourd'hui, le *roupillon* (1894) est un synonyme familier de *somme*.

Quant à l'expression *piquer un roupillon*, sa forme copie celle de *piquer un somme*, de sens identique. *Piquer* se disant d'une chose ayant un caractère soudain, il s'agit donc à l'origine d'un sommeil inopiné.

Par exemple, vous pouvez *piquer un roupillon* devant une étape du tour de France qui suivrait la côte catalane (l'ancienne province du Roussillon correspondant, peu ou prou, à nos Pyrénées-Orientales), ou bien après une journée d'ascension du Canigou, qui est du Roussillon le pic.

Il paraît que si on faisait la somme de tous nos sommes, cela représenterait en moyenne vingt-cinq ans sur une vie. Soit à peu près un tiers de notre existence à roupiller. J'arrête là les calculs, je sens que vous commencez à piquer du nez.

Laurent Ruquier

Pisser une côtelette

Accoucher

La *côtelette* est à la base un terme de boucherie pour parler des côtes de porc ou de mouton, dès la fin du XIVe siècle (*costelette*). Peut-être cela est-il dû à leur plus petite taille par rapport aux côtes de bœuf. On a également employé ce terme, dans la langue populaire, pour désigner un morceau de fromage, au début du XXe siècle notamment (on parlait ainsi, par exemple, d'une *côtelette* de Brie ou de camembert), mais cet usage semble avoir disparu.

Les *côtelettes* nous ont donné un certain nombre d'expressions argotiques, dans lesquelles elles désignent les côtes humaines. *Planquer ses côtelettes*, c'est « se mettre à l'abri ». *Travailler* ou *chatouiller les côtelettes* (1793), c'est « rosser ».

Quant à *pisser une* (ou *sa*) *côtelette* (1862), c'est « accoucher ». On visualise (malheureusement) assez bien l'image, rapprochant le nourrisson d'un petit bout de viande. Les locutions de ce type permettent de dédramatiser des évènements importants, comme on le fait aussi parfois avec la mort (*manger les pissenlits par la racine*).

Il y a toujours de drôles d'expressions de sagesse populaire pour nous rappeler que nous sommes des bêtes.

Laurent Ruquier

Dois-je avouer que je n'avais jamais entendu ça ? Je suis sûrement entouré de gens trop bien élevés qui n'auraient jamais idée de parler ainsi d'une naissance, même s'il s'agit de l'accouchement de la femme du charcutier. Et une fausse couche, c'est quoi ? Une côtelette pas née ?

Pleurer comme une madeleine

Pleurer abondamment

Si la *madeleine* était synonyme de tristesse, que dirait-on des autres gâteaux ? Pourrait-on être rapide comme un éclair au chocolat ? Être dans les choux à la crème ? L'avoir dans le baba au rhum ? En fait, ce n'est pas la petite madeleine que le narrateur de Proust trempe dans le thé qui pleure, mais Marie-Madeleine.

L'expression *pleurer comme une madeleine* est attestée sous cette forme en 1833 chez Balzac, même si d'autres variantes circulaient à cette époque : *se lamenter comme une Madeleine* (1827), *fondre en larmes comme une Madeleine* (1829).

Surtout, on rencontre *faire la Madeleine* dès le XIIIe siècle (1223). L'image de Marie-Madeleine se lamentant ou se repentant est très présente durant le Moyen Âge et cela se traduit d'ailleurs par de nombreuses peintures à la Renaissance. La disciple de Jésus a eu, jusqu'à récemment, une réputation de pécheresse construite de toute pièce par l'Église au IVe siècle. Son nom, Marie de Magdala, vient d'une ville de pêcheurs de Galilée, Magdala, au bord du lac de Tibériade.

C'est le prénom qui a donné son nom au gâteau, que l'on rencontre d'abord sous la forme *gâteau à la Madeleine* (1769), puis simplement *Magdeleine* (1807) et *gâteau madeleine* (1842). Le nom viendrait de Madeleine Paumier, cuisinière à la cour de Lorraine.

Pleurer comme une madeleine, c'est « pleurer beaucoup ». Tandis que Jésus crie.

Laurent Ruquier

« La vue de la petite madeleine ne m'avait rien rappelé avant que je n'y eusse goûté ; peut-être parce que, je n'en avais jamais vu pleurer, sur les tablettes des pâtissiers… »

Jésus Proust

Porter la culotte

Commander (dans un couple)

Quel rapport entre les dessous des femmes et le fait d'avoir de l'autorité ? Si celles et ceux qui *portent la culotte* ne font pas toujours dans la dentelle, cette expression n'est pas une affaire de slip mais de pantalon.

En effet, avant d'être le petit vêtement qu'on connaît, la *culotte* a d'abord désigné des vêtements que l'on portait au-dessus. On garde d'ailleurs des traces de cet usage avec, par exemple, les *culottes courtes*. C'est par opposition à la jupe, réservée aux femmes, que la culotte devient le symbole de l'homme. On emploie ainsi *porter la culotte* depuis 1798 pour désigner le membre du couple qui prend les décisions et s'impose à l'autre. Lorsqu'on demande *qui porte la culotte*, on dit donc en fait « qui s'habille comme l'homme », et non comme la femme. À l'époque où cette expression est apparue, peu de femmes *portaient la culotte*. Encore aujourd'hui, cela peut être dit avec une certaine ironie misogyne.

> « On disait au ministère, sans y mettre ombre de malice, que, dans le ménage, c'était le mari qui portait les jupes et la femme les culottes. »

Marcel Proust, *À la recherche du temps perdu, « Sodome et Gomorrhe »*, 1919.

La *culotte* vient de *cul*, lui-même issu du latin *culus*, de sens équivalent. Voilà une étymologie sur laquelle les plus cabotins pourront s'asseoir.

Comme le confiait encore récemment Mme Zemmour au journal *La France aux Françaises* à propos de son mari Éric : « À la maison, c'est moi qui porte la culotte... » Il fallait hélas tourner la page pour lire la fin de la phrase : « ... au pressing. Et c'est moi qui vais la rechercher quand elle est prête. »

Laurent Ruquier

Poser un lapin à quelqu'un

Faire attendre quelqu'un en ne venant pas à un rendez-vous

Si vous nous permettez de *lever un lièvre*, nous voudrions dire que ceux qui *posent des lapins* sont tout de même un peu vaches. Peut-être *ont-ils d'autres chats à fouetter* (p. 36), mais au moins pourraient-ils arrêter de *prendre les gens pour des pigeons*.

Le *lapin* (1450) a dérivé du *lapereau*, mot dont l'origine est débattue. Par allusion aux cages de ces petits rongeurs très abondants en Europe, le *lapin* a désigné le voyageur entassé dans les transports collectifs (1783) – comme aujourd'hui les sardines dans le métro. Celui qui était *monté en lapin* (1876) n'était pas inscrit au compteur et permettait au conducteur de gagner six sous. Cet argot, aujourd'hui disparu, a influencé le fait qu'on disait du chaud lapin qui ne payait pas une prostituée qu'il lui *faisait cadeau d'un lapin* (1878). L'expression est ensuite devenue *poser un lapin* (1881), qui a pris progressivement (dès 1888) le sens que l'on a gardé aujourd'hui : « faire faux bond ». C'est quand même un comble, pour un animal réputé pour ses grands sauts.

Laurent Ruquier

On peut parler de lapin quand le retard est du râble et, surtout, parce qu'on le sait, le lapin à l'amour tarde ! Afin de ne pas tomber dans un tel piège, il est important de savoir lire sur les lièvres. À ne jamais faire sur un bateau.

Prendre des vessies pour des lanternes

Commettre une grossière méprise

Quelqu'un qui croit avoir une idée lumineuse alors qu'il *prend des vessies pour des lanternes* n'a pas la lumière à tous les étages.

La *vessie*, dont on ne rappellera pas le sens (mal)propre, est aussi, au sens figuré, une « chose sans valeur » (sous-entendu : lorsqu'elle est remplie d'air). Cette acception apparaît dans *Le Jeu de saint Nicolas* de Jean Bodel, pièce de théâtre sur la conversion au christianisme qui daterait de l'année 1200, dans laquelle on retrouve un peu de l'argot de l'époque.

On rencontre *prendre des vessies pour des lanternes* sous cette forme à partir du XIXe siècle, mais il s'agit d'une idée beaucoup plus ancienne. On disait en effet, dès le XIIIe siècle, *vendre vessie pour lanterne* puis *faire de vessies lanternes* pour « faire croire des choses bizarres, absurdes ».

Pour comprendre le cheminement de cette petite phrase, il faut savoir que, jusqu'au XVIIIe siècle, les *lanternes* étaient aussi au sens figuré des « balivernes », des « contes ridicules ». L'expression repose donc à la fois sur une analogie de forme (la vessie gonflée d'air et la lanterne sont toutes deux translucides) et sur une sorte de répétition : littéralement, *prendre des vessies pour des lanternes* signifierait « prendre une chose sans valeur pour une histoire absurde ». Mais on l'emploie aujourd'hui pour dire que quelqu'un se trompe grossièrement.

Comme quelqu'un qui pisse à côté du réverbère.

Laurent Ruquier

Ah ! quel plaisir de retrouver ici cette expression que j'ai entendue pour la première fois dans le sketch culte *Le Sâr Rabindranath Duval* de Pierre Dac et Francis Blanche :

« Monsieur a-t-il des complexes ?
– Oui, il lui arrive de prendre sa vessie pour une lanterne.
– Et alors ?
– Alors... il se brûle ! »

Prendre la poudre d'escampette

Filer, s'enfuir

Escampette (1688) est un diminutif d'*escampe* ou *escamper*, verbe familier du moyen français qui signifie « esquiver, décamper », issu du latin *campus* (« camp » ou « champ »). Dans un premier temps, on écrit *excanper* (1298), qui signifie plutôt « cacher quelque chose, retirer ». L'italien a alors le verbe *scampare*, dont le sens est identique. L'*escampette*, c'est donc l'« esquive », la « fuite ».

Toute cette famille de mots est complètement sortie d'usage. Il ne subsiste guère que *prendre la poudre d'escampette* (1688), qui désigne de façon imagée le fait de s'enfuir.

La *poudre* de l'expression est moins évidente à expliquer. Ce pourrait être celle qui explose (la poudre à canon) et fait fuir. Il se pourrait également que ce soit la poussière que l'on soulève lorsqu'on part en courant rapidement. Mais ce n'est certainement pas la *poudre de cheminette* qu'on jette dans la cheminée dans *Harry Potter* pour se téléporter.

Si on souhaite escamoter une escarmouche, rien de tel qu'une escapade grâce à la poudre d'escampette. Ça permet d'éviter de mettre le feu aux poudres.

Se sauve qui peut. Un moyen de s'évader sans drogue. Vous n'échapperez pas à cette idée que, pour prendre le large, il faut plier bagage ou prendre la clé des champs. Les synonymes ne manquent pas. La fuite au prochain numéro.

Laurent Ruquier

Prendre son pied

Jouir, avoir du plaisir (sexuel)

Pour celles et ceux qui imaginaient que *prendre son pied* renverrait à une position sexuelle un peu acrobatique aux mystères non encore élucidés, c'est raté.

Le *pied* n'est pas que l'extrémité de notre jambe. C'est aussi, comme chacun sait, une unité de mesure encore utilisée chez les Anglo-Saxons, qui correspond à peu près à la longueur d'un pied (30,48 centimètres exactement). En argot, le *pied* de mesure a pris le sens de « portion, part ». Ainsi, *en avoir son pied* (attesté en 1878), c'est « en avoir assez » et *prendre son pied* c'est donc, littéralement, « prendre sa part (du plaisir amoureux) ». Ce sens sexuel est renforcé par le fait que *pied* a parfois une connotation érotique, car il renvoie à l'idée de « membre » et à l'image du pied dans la chaussure.

L'expression *prendre son pied* est attestée en 1899, mais elle se répand à partir des années 1960. À partir de cette époque, le *pied* est également employé seul pour évoquer l'idée de plaisir (pas seulement sexuel), avec des exclamations comme *c'est le pied !* ou tout simplement *le pied !* (1960-1970).

Si vous en avez *plein le dos* de ne pas *prendre votre pied* en jouant à la *bête à deux dos* (Rabelais), ne faites plus semblant d'aimer cette triste chair. « S'il n'entend le cœur qui bat, le corps non plus ne bronche pas », chantait Brassens (*Quatre-vingt-quinze pour cent*, 1972). Pour y remédier, il faut trouver chaussure à son pied.

C'est par jouï-dire
que cette formule
est arrivée jusqu'à
nous depuis l'époque
des pirates pourtant
souvent unijambistes
dans les caricatures
qu'on connaît. Le don
d'orgasmes est depuis
plus fréquent
et autorisé.

Laurent Ruquier

Raconter des salades

Raconter des histoires, des mensonges

La batavia serait-elle menteuse ? Ce n'est pas tant du côté de la verte feuille qu'il faut chercher le coupable, mais de la salade composée.

Le mot *salade* vient de l'italien *insalata* (qui signifie littéralement « salée ») et désigne dans un premier temps une assiette composée d'herbes du potager, assaisonnées avec de l'huile, du sel et du vinaigre. La *salade* a donc rapidement le sens figuré d'un mélange hétéroclite. Dans l'argot des casernes du XVIIe siècle, une *troupe de salade* est ainsi un régiment composé de soldats de corps différents. Au début du XIXe siècle, des propos confus sont aussi appelés des *salades*. Et ce n'est qu'à la fin du XIXe siècle (1890) que les *salades* sont des histoires, des mensonges, du baratin. *Vendre sa salade* signifie alors par exemple, dans le jargon du théâtre, que l'on se montre convaincant en faisant un numéro, à la manière des camelots et bonimenteurs des marchés.

Voilà pour les simples menteurs. Quant aux vrais criminels, ils finissent plutôt dans le *panier à salade*, nom que l'on donne depuis la Restauration (1822) aux voitures de police qui transportent les prisonniers. À l'époque, ces voitures étaient en osier, comme un vrai panier. Et on ne vous raconte pas de salades !

Laurent Ruquier

Mme Cresson, qui resta moins longtemps à Matignon que Mme Borne, en a forcément moins raconté, même si cette dernière a soutenu le mouvement « En Mâche ». Pour balancer encore plus de salades, on peut utiliser un lance-roquette (vieux conseil de Lewi Scarole).

Ramener sa fraise

Se manifester hors de propos ; avoir une attitude prétentieuse ; arriver, venir

« Et prends une prune dans ta poire, si tu tombes dans les pommes c'est que j'ai la pêche
À l'orange tes rimes banane et n'ramène pas ta fraise ! »

Cette salade de fruits pas très jolie jolie, que l'on doit à MC Solaar (dans sa chanson de 1994, *L'NMIACCd'HTCK72K-PDP* – tout un programme), rappelle l'immense inventivité de la langue pour trouver des expressions avec la plupart de nos aliments.

En argot, la *fraise* a le sens de « visage » (1901), par métaphore de forme. On dit familièrement *ramener sa fraise* depuis au moins 1921 pour signifier qu'une personne fait preuve d'une attitude prétentieuse de manière malvenue, qu'elle pointe le bout de son nez hors de propos.

Le mot *fraise* (du latin *fragum*) pourrait être une altération de *frambeise* (« framboise »). Si les fraises des bois sont connues depuis l'Antiquité, les fraises de grande consommation que nous mangeons aujourd'hui sont issues de la culture forcée d'une variété ramenée en fraude du Chili au XVIe siècle par l'officier Frézier (ça ne s'invente pas !). Une anecdote qui permettra facilement de *ramener sa fraise* en société.

Laurent Ruquier

C'est ce que doit faire
un stomatologue qui
se déplacerait à domicile.
D'où l'expression *Tagada,*
Tagada, voilà le dentiste !
Mais soyons clairs,
ils s'arrachent difficilement
de leur cabinet, préférant
jouer à la roulette chez eux
que de ramener leur fraise
chez vous, étant meilleurs
soigneurs de dents
que dehors...

Rire comme une baleine

Rire en ouvrant la bouche toute grande

Si la baleine rit à gorge déployée, c'est peut-être qu'elle est heureuse comme un poisson dans l'eau. Mais la baleine est un mammifère, pas un poisson – bien que *poisson* ait un sens beaucoup plus large jusqu'au XVIIIe siècle, désignant tous les animaux aquatiques fusiformes (plus larges au centre qu'aux extrémités) et à membres non apparents (y compris la baleine).

L'expression *rire* ou *rigoler comme une baleine* est attestée en 1881. Elle fait allusion à l'immense bouche du cétacé, ouverte en grand pour attraper du plancton et dont on voit les larges fanons en travers du palais.

On a parfois avancé que l'expression viendrait des baleines du parapluie, ces tiges souples qui se courbent lorsqu'on l'ouvre et rappellent la forme d'un sourire. Mais cela n'est pas du tout vérifié.

Ceux qui n'ont pas de complexe rient à gorge déployée des pitreries du poisson-clown ou des folies du requin-marteau. Alors que quand la baleine est honteuse, elle se cache à l'eau.

Qui a déjà vu une baleine rire ? On les voit plutôt sous les pépins, quand le ciel commence à pleurer ! Il ne viendrait pas à l'idée de quiconque d'aller chatouiller une baleine pour en vérifier l'effet.

Laurent Ruquier

Rouler des mécaniques

Avoir une attitude agressive et prétentieuse ; la ramener

Rouler des mécaniques n'est pas une affaire de garagiste arnaqueur. C'est un comportement typique des personnes qui joignent la gestuelle aux paroles, le corps à la prétention.

Du grec *mêkhanê*, qui signifie « machine ». Au Moyen Âge, les *mestiers mécaniques* (1268) sont ceux qui comportent des machines et du travail manuel. C'est à la Renaissance que le nom *mécanique* commence à désigner l'« art de construire les machines », puis les « lois de la physique liées au mouvement ». Le mot entre ensuite dans la langue courante pour évoquer une « structure » ou un « rouage ». Il est repris dans l'expression d'argot *rouler des* (ou *les*) *mécaniques* pour désigner le fait de rouler les épaules de manière avantageuse. Au sens figuré (1940), cela signifie que l'on se vante. Le verbe *rouler* rajoute l'idée d'exagération chez le fanfaron.

On retrouve dans cette image toute l'outrance du comportement de ceux (souvent des hommes) qui veulent *jouer les gros bras*.

Rouler des mécaniques sert à intimider, même lorsqu'il ne se passe rien ensuite. Personne ne se laisse rouler.

Si vous voulez engager
un coach sportif et que
vous lui demandez
ses prétentions, il aura
légitimité à rouler des
mécaniques et ce sera encore
plus impressionnant
si la mécanique est
bien huilée. Face à ça,
vous pourrez toujours
muscler vos propos,
à défaut du reste.

Laurent Ruquier

Ruer dans les brancards

Se révolter ; refuser de continuer un travail

À cause de la crise des urgences, les gens ne voulant plus attendre des heures à l'hôpital se ruent dans les brancards. Cependant, l'expression *ruer dans les brancards* n'est pas une affaire médicale mais de révolte équine.

Le *brancard* est probablement un mot cousin de la *branche d'arbre*. Il désigne aujourd'hui une « civière », notamment à l'hôpital ou à l'armée, sur laquelle on transporte une personne infirme. Par le passé, le *brancard* pouvait avoir le sens plus général de « charrette » ou « chariot » (sorti d'usage depuis le XVIe siècle). C'était aussi une pièce de bois prolongeant le châssis d'une charrette, grâce à laquelle on attelait le cheval (1429).

Ruer est un verbe archaïque qui ne s'utilise pas vraiment dans la langue parlée. C'est plutôt un terme de poésie. Souvent sous la forme pronominale (*se ruer*), dont le sens est identique, il signifie « se précipiter » ou « faire tomber ».

Ainsi, le cheval qui se rebiffe, en lançant vivement ses pattes arrière et en soulevant ses fesses, *rue dans les brancards*. Quelqu'un qui *rue dans les brancards* s'insurge contre la tâche qui lui incombe, tel un canasson enhardi par la révolte.

Mais si le personnel soignant souhaite de meilleures conditions de travail, il vaut mieux aller dans la rue avec les brancards.

Laurent Ruquier

On peut ruer
dans les brancards
à condition de ne pas
tirer sur l'ambulance,
comme on peut agir
avec diligence
sans attendre
la Saint-Fiacre :
tout est question
de dosage.

S'en tamponner le coquillard

S'en moquer

Qu'est-ce que ce *coquillard* dont on se moque ? Au Moyen Âge, on appelait *coquillards* les voleurs se faisant passer pour des marcheurs de Saint-Jacques-de-Compostelle. Pour parfaire leur costume, ils accrochaient une coquille (Saint-Jacques) sur leur vêtement, à la manière des vrais pèlerins. On retrouve les traces d'un procès s'étant tenu à Dijon en 1455, jugeant la « bande de la Coquille ». On appelle alors ces malfaiteurs les *coquillards*.

Mais si on *se tamponne le coquillard* depuis 1878, ce n'est peut-être pas à cause des bandits de grand chemin, mais de la métaphore rapprochant la pieuse coquille de l'œil. Ainsi, *s'en tamponner le coquillard*, c'est « s'en battre l'œil ». Or, les anciens dictionnaires nous rappellent que l'œil est, au sens figuré, le « trou du fondement » (voir *se fourrer le doigt dans l'œil*, p. 272).

Tamponner peut s'entendre au sens de « essuyer, nettoyer avec un tampon ». On utilise parfois *je m'en tamponne* seul pour dire que l'on « s'en fout ». *Le coquillard* rajoutant l'image explicite des fesses, on peut conclure que l'expression complète signifie littéralement « s'en torcher ». Après de si concupiscentes explications, on peut bien faire un tour à confesse !

Laurent Ruquier

Je suis sur le cul d'apprendre que *s'en battre l'œil* était une expression grivoise puisque l'œil désignait l'anus. Voilà qui ne devrait pas laisser indifférents ceux qui comptaient *s'en branler le manche* et qui ne cherchent pas forcément à voir ce qui se cache derrière.

S'endormir sur le rôti

Négliger son travail, se reposer sur son succès ; s'endormir après l'amour

> « Coupeau refusant toujours d'aller se coucher, on lui permit de rester, mais il dut promettre de se tenir tranquille dans un coin, car il s'agissait à cette heure de ne pas s'endormir sur le rôti. »

Quand Zola écrit l'expression dans *L'Assommoir* (1876), Gervaise et Coupeau ne sont pas vraiment en train de manger de la viande.

S'endormir sur le rôti est attesté dès 1611, mais dans un premier temps avec le sens de « retarder d'accepter un avantage ». Le *rôti* était le point d'orgue d'une tablée, le moment à ne pas rater. C'est vers le milieu du XIXe siècle (1842) que cela devient un repos fautif après un succès. L'expression rappelle qu'il ne faut pas cesser d'agir, se reposer pour profiter d'un premier plaisir, car on risquerait de ne pas en profiter longtemps. Ce sens peut être rapproché de *s'endormir sur ses lauriers*, qui rappelle l'image d'un empereur qui s'assoupirait plutôt que de gouverner (les lauriers sont le symbole antique de la gloire).

Mais *s'endormir sur le rôti* peut aussi s'utiliser pour dire que l'on manque d'ardeur en amour ou que l'on s'endort après l'acte. On imagine alors que le rôti est un·e partenaire nu·e et dépité·e. Méfiance donc, si quelqu'un propose de faire un rôti de vous !

Geoffroy Thérage est le bourreau qui, le 30 mai 1431, alluma le feu du bûcher sur lequel se trouvait Jeanne d'Arc. Ce n'est pas Johnny Hallyday, mais l'évêque de Beauvais, Pierre Cauchon, et les Anglais présents sur la place du Vieux-Marché à Rouen, qui lui en donnèrent l'ordre. Comme le cœur de la victime, « nonobstant l'huile, le soufre et le charbon », restait intact parmi les cendres, Thérage dut ranimer le bûcher pour consumer définitivement le tout. On peut donc dire qu'il est un bon exemple de quelqu'un qui ne s'est pas endormi sur le rôti...

Laurent Ruquier

Se cailler les miches

Avoir froid

Pour que le lait se transforme en fromage, il faut qu'il *caille*. Or, il ne peut cailler s'il a trop froid, contrairement au fromager ! Pour comprendre ce paradoxe, il faut savoir que *cailler* (1120) vient du latin *coagulare* (« figer, épaissir »), qui donne *coaguler*. Le lait qui caille coagule à sa surface. Il fige sa crème et a besoin pour cela d'être à la bonne température.

Lorsqu'il fait très froid, c'est nous qui nous immobilisons, comme le caillé du lait. Cela nous glace les os et on a même pu imaginer que le froid faisait coaguler notre sang (ce qui est fantaisiste, bien entendu). Ainsi, dire *on se caille* ou tout simplement *on caille* (début XXe siècle), c'est être complètement figé par le froid, à en avoir le sang gelé. Quant aux *miches*, elles désignent les « fesses » depuis la fin du XIXe siècle, par une métaphore évidente avec les grosses boules de pain (de même que les meules). *Se cailler les miches* est une amusante image comme l'argot seul sait en faire : il fait si froid que l'on se crispe jusqu'aux fesses. De même, on imagine que celui ou celle qui *se pèle les miches* est gelé au point que la peau se détache en lambeaux de son séant glacé.

Blague de poulailler : si les cailles ont la chair de poule, c'est qu'il fait un froid de canard.

La phrase fut prononcée,
avec un accent portugais
ou auvergnat, allez
savoir pourquoi, par
Jean-Pierre Foucault quand
il vit pour la première fois
les différentes candidates
au titre de Miss France
défiler en maillot de bain
en plein mois de décembre :
« Elles se caillent les miss ! »
Il avait raison, c'est même
pour ça qu'elles se battent
pour gagner une écharpe.
C'est mon dernier mot.

Laurent Ruquier

Se casser la nénette

Se casser la tête ; se fatiguer à trouver une solution, à comprendre

Un loubard qui aura mal parlé à une jeune fille la verra tourner les talons. Il pourra alors maugréer, amer : « Elle se casse, la nénette. » Car la *nénette*, depuis le début du XXe siècle (au moins 1917), est un mot d'argot pour désigner la « jeune fille », qui a peut-être dérivé de *nana* ou de *néné* (« sein »). Mais dans l'expression *se casser la nénette*, notre *nénette* désigne la « tête ».

L'origine de cette *nénette*-là est plutôt incertaine. Ce pourrait être un diminutif de *comprenette* (« faculté de comprendre », 1896). On retrouve la première trace de l'expression *se casser la nénette* chez Louis-Ferdinand Céline (1944). Elle signifie « se faire du souci » ou « se fatiguer à comprendre ». On imagine assez bien quelqu'un réfléchissant trop, au point de s'en casser la tête, soit qu'elle implose par la surchauffe, soit qu'on la cogne contre le mur.

Plutôt que de *se casser la nénette*, Ducros se décarcasse. Et ça change tout !

Laurent Ruquier

Rien à voir avec le sexe féminin, donc. Vous pouvez préférer *vous casser le cul*, plus trivial mais valable pour les deux sexes. Le mieux étant encore de *se fendre la gueule*, sans que qui que ce soit vous casse les couilles !

Se demander si c'est du lard ou du cochon

Ne pas savoir à quoi s'en tenir (à propos de quelque chose ou de quelqu'un), de quoi il s'agit exactement

Si une *tête de lard* vous *rentre dans le lard* alors que vous étiez jusque-là *copains comme cochons* (p. 134), vous pourrez gamberger longtemps pour savoir *si c'est du lard ou du cochon*.

Le *lard*, c'est du cochon. C'est plus précisément la partie grasse que l'on utilise en cuisine, que l'on trouve entre la peau et la chair du porc. Il n'y a donc aucune raison de confondre l'un et l'autre.

En fait, *se demander si c'est du lard ou du cochon* (dont l'origine est difficile à dater) fonctionne comme *bonnet blanc, blanc bonnet* : les deux objets sont tout à fait comparables et la différence qui existe est purement formelle. Autrement dit, cela signifie littéralement qu'on hésite entre deux interprétations très proches malgré l'opposition en apparence.

Du lard ou du cochon s'emploie plus spécifiquement lorsqu'on ne sait pas interpréter quelque chose ou les propos de quelqu'un, notamment lorsqu'on y décerne de l'ironie. L'humour cache-t-il la vérité ? Savoir se rendre insaisissable, c'est tout un lard !

C'est simple, c'est quand une situation n'est pas claire et qu'elle peut vous faire transpirer par tous les porcs. Verrat qui s'en dédit !

Laurent Ruquier

Se donner un mal de chien

Rencontrer bien des difficultés

Comme le chat, le chien est employé dans mille et une locutions. Le *mal de chien* fait partie d'une grande famille d'expressions dans lesquelles le meilleur ami de l'homme a une valeur très péjorative de douleur, de saleté ou de peine : un *travail de chien*, un *temps de chien* ou encore l'exclamation *chienne de vie* !

On ajoute *de chien* après d'autres mots (vie, temps, etc.) pour donner l'idée de difficulté depuis 1552 au moins. Mais *chien* a un sens figuré très péjoratif depuis très longtemps (on trouve des traces en ancien français à la fin du XIIe siècle, par exemple). À travers ces usages, ce n'est pas le chien qu'on blâme, mais l'homme. En effet, toutes ces expressions fonctionnent par allusion aux mauvais traitements que supporte le chien et à son infériorisation pour tant de choses du quotidien (se nourrir des restes, dormir dehors et éventuellement sous la pluie, être sans cesse rossé, etc.).

Se donner un mal de chien signifie qu'on a beaucoup de difficultés à faire quelque chose, qu'on finisse ou non par réussir.

Parmi les exceptions à cet acharnement linguistique, citons *avoir du chien* (1866), qui se dit de quelqu'un (notamment une femme) ayant un charme un peu canaille.

Laurent Ruquier

**J'ai eu trois chiens et
je n'en ai jamais vu aucun
se donner beaucoup
de mal ou être teigneux
au point de justifier
cette expression, mais
c'est sûrement une question
d'éducation canine.
Mes canines, elles, m'ont
déjà donné un mal
de dents.**

Se faire dorer la pilule

Bronzer

Se faire dorer la pilule n'a rien à voir avec le fait de faire bronzette dans le Médoc. Mais c'est bien à l'origine une question de médicament.

Le mot *pilule* (1314), du latin *pilula* (« petit corps rond, boulette, pelote »), nous l'avons avalé à cause des médecins, qui désignaient de cette manière un médicament sous forme de pastille ou de petite boule. Par allusion aux désagréments qui accompagnent parfois un traitement médical, la *pilule* a pris, au XVIIe siècle, le sens figuré de « chose désagréable dont il faut s'accommoder » (1665). Cela a donné des expressions comme *avaler la pilule* (1690), mais également *dorer la pilule à quelqu'un* (1668) qui signifie alors que l'on donne une apparence agréable à ce qui ne l'est pas, que l'on fait accepter une chose désagréable par des paroles aimables. Bien que cette expression soit encore un peu d'usage, il est plus courant de croiser *se faire dorer la pilule*, qui garde l'idée d'apparence flatteuse mais fait disparaître la référence à la pilule qu'on doit avaler. Cela signifie tout simplement que l'on bronze, que l'on dore au soleil comme une volaille sur la broche. Allez savoir comment les pauvres poulets ont avalé la pilule…

J'ai, je dois le reconnaître, déjà touché un cachet en or (pas pour ce livre, autant vous le dire !), mais jamais une pilule dorée. Les éditions Le Robert m'ont demandé un texte comprimé, même si ce n'est pas pour la collection « J'ai lul ». Me serais-je fait avoir par l'à-valoir ?

Laurent Ruquier

Se fendre la poire

Rire aux éclats

On peut *se fendre la poire* sans la couper en deux. Pour donner l'origine de cette expression, pas besoin de *couper les cheveux en quatre* (p. 118).

Depuis le XIXe siècle, la *poire* a le sens de « visage » ou « face » (par analogie de forme, comme de nombreux autres fruits et légumes : melon, pomme, fraise, chou, citrouille…). Même si notre expression n'est pas nécessairement liée à Louis-Philippe, on peut se souvenir de la célèbre caricature de Philipon (1831) représentant le roi des Français avec une tête de poire.

Peut-être une fente sur le fruit rappelle-t-elle le sourire ? Toujours est-il que *se fendre la poire* renvoie au fait de « rire aux éclats ». Cette expression vient de l'image de la bouche grande ouverte qui fend le visage.

À ne pas confondre avec le fait d'*être pris pour une poire* (« pour un imbécile qu'on dupe facilement », 1888) ou d'*être bonne poire* (« trop gentil, presque naïf », 1893), qui tiennent leur sens de la mollesse de la poire qui tombe d'elle-même du poirier lorsqu'elle est mûre.

Laurent Ruquier

J'ai cette chance,
à la radio depuis
trente ans, de
m'être tellement
quotidiennement
fendu la poire que
si on prenait cette
phrase au pied
de la lettre, j'aurais
de la compote jusqu'à
la fin de mes jours.

Se fourrer le doigt dans l'œil

Se tromper grossièrement

S*e fourrer le doigt dans l'œil* empêche de voir quelque chose qui crève les yeux.
On a parfois avancé que l'expression serait une référence à la personne qui se frappe malencontreusement l'œil en voulant faire un signe de croix. Mais cela n'est pas cohérent chronologiquement, car on ne trouve trace de *se fourrer le doigt dans l'œil* qu'en 1864, alors que *se ficher, se foutre (dedans)* ou *se fourrer* expriment depuis longtemps dans le langage populaire l'idée d'erreur, par allusion à la sodomie (qui sert parfois de ressort comique en tant que « mauvais trou »). Or, l'*œil* est aussi, depuis le XVIe siècle, une allusion à l'anus. Et le *doigt* a souvent la valeur d'organe explorateur des recoins (avouables ou inavouables) du corps humain. *Le doigt dans l'œil* serait donc plutôt dans les fesses, ce que semble d'ailleurs confirmer la variante du *doigt dans l'œil jusqu'au coude* ou l'expression *s'en battre l'œil* (« s'en moquer », 1666) que l'on trouve chez La Fontaine.

Dans d'autres expressions, l'*œil* renvoie à l'idée de connaissance ou de lumière. Celui ou celle qui *se fourre le doigt dans l'œil* est dans l'ignorance grossière de ce qui est évident.

C'est ce qui est arrivé
à Polyphème, en croyant
qu'Ulysse s'appelait
Personne et en laissant sortir
ses moutons de la grotte.
Le seul avantage d'un
cyclope est de ne jamais
loucher, mais quand on
se fourre le doigt dans l'œil,
il vaut mieux en avoir deux,
de manière à repérer ce
qui est louche les doigts
dans le nez !

Laurent Ruquier

Se mettre en rang d'oignons

Se mettre sur une seule ligne, à la suite

Aujourd'hui, *se mettre en rang d'oignons* c'est former une belle file dont rien ne dépasse, comme dans le sillon d'un potager. Sauf que l'ordre dont il est question dans l'expression n'est pas un tracé géométrique dans le jardin, mais l'ordre social de l'Ancien Régime.

Quelqu'un qui *se met en rang d'oignons* « s'incruste » dans la bonne société sans en faire partie. C'est ainsi que le mémorialiste duc de Saint-Simon emploie l'expression :

> « J'oubliais madame de Vendôme, qui parut aussi chez le roi en rang d'oignon (sic), mais qui ne fut point visitée, parce que la bâtardise de son mari venait de plus loin. »
>
> *Mémoires*, tome V, 1710.

Au XVIIe siècle, si on *se met en rang d'oignons*, c'est donc qu'on participe à une réunion où on n'a pas sa place (1611). L'historien bibliothécaire Le Roux de Lincy nous explique qu'il s'agit d'une allusion à « la manière dont les gens de la campagne assemblent les oignons avec des liens de paille en plaçant les plus gros les premiers, et ensuite les autres » (*Le Livre des proverbes français*, 1842).

Au XIXe siècle, on perd le sens de l'étiquette de cour et on ne garde que celui d'alignement, comme des enfants dans la cour d'école.

Voilà une explication *aux petits oignons* !

Laurent Ruquier

Des experts malintentionnés pensent que ça vient du verbe *randonner* qui, à l'imparfait, première personne du pluriel, donne *randonnions*. Tout simplement parce que c'est ainsi que les scouts randonnaient. C'est un prêtre pédophile qui transforma *randonnions* en *rang d'oignons*, je n'ai hélas pas à vous expliquer pourquoi.

Se mettre la rate au court-bouillon

Se faire beaucoup de soucis

La *rate* (XIIe siècle) tiendrait peut-être son nom de sa ressemblance avec un rayon de miel (*rate*, en moyen néerlandais), car son enveloppe se prolonge vers l'intérieur en formant de petites cloisons. Dans la vieille médecine d'Hippocrate (460-377 avant notre ère), la rate a la réputation d'être le siège de l'« humeur mélancolique », parfois « bile noire » ou « atrabile », un des quatre fluides qui sont censés équilibrer notre santé.

Chez l'atrabilaire, la rate produirait une quantité trop importante de bile noire par rapport aux autres humeurs. Il serait alors plus enclin à la tristesse ou à l'anxiété. Cela explique l'expression *se faire de la bile*, dont on trouve un certain nombre de variantes dans la langue populaire, comme *se faire un sang d'encre* (par allusion à la couleur supposée de cette bile), *se faire du mauvais sang* ou *se mettre la rate au court-bouillon*. Cette dernière expression commence à se rencontrer fréquemment au début du XXe siècle. Mais cette cuisson d'organe n'est pas nouvelle. Dès le XVIIe siècle, on met tout un tas de choses au court-bouillon : l'âme, le cœur et, donc, la rate. *Mettre la rate au court-bouillon* apparaît ainsi dans une chansonnette en 1812.

Celui ou celle qui se met la rate au court-bouillon se fait beaucoup de soucis pour pas grand-chose.

Quelle idée d'aller cuisiner la femme de Ratatouille ou votre organe plein de bile ! Les seules rattes que vous pourrez mettre dans un court bouillon ont deux t et ce n'est pas pour autant que vous en aurez gros sur la patate.

Laurent Ruquier

Se mettre sur son trente et un

S'habiller du mieux qu'on peut, s'endimancher

Se mettre ou *être sur son trente et un*, c'est l'inverse d'*être fichu(e) comme l'as de pique* (mal habillé(e)). Mais pour *être joli(e) comme un cœur*, il vaut mieux se tenir à carreau pour ne pas abîmer ses beaux vêtements.

Entre le XIIe et le XVe siècle, le *trentain* était un drap de très grande qualité fabriqué à partir de trente centaines de fils. S'il est tentant de déduire que le *trente et un* vestimentaire dérive du trentain, cela n'est pas cohérent historiquement. En effet, le trentain est archaïque depuis trois siècles lorsqu'on commence à utiliser *sur son trente et un* (1832).

D'ailleurs, rien ne prouve que le *trente et un* soit arrivé le premier, puisqu'on atteste *trente-six* à la même époque et, dès la fin du XVIIIe siècle (1793), *être (se mettre) sur son dix-huit*. Ces deux dernières variantes s'expliquent par… un calembour. Car dix-huit, c'est deux fois neuf (comme un habit neuf), et trente-six, quatre fois neuf. Il se pourrait qu'on ait ensuite ramené au nombre maximum de jours dans le mois, trente et un. Cela connote par ailleurs l'expression en donnant l'idée de « jour spécial ». Comme le 31 décembre.

Laurent Ruquier

Rien à voir avec *se casser l'année net* même si c'est bien à la Saint-Sylvestre qu'on va faire un effort pour s'habiller. Personnellement, c'est quand je me mets dans du 43 que je me sens le plus à l'aise, puisque c'est ma pointure. Si vous laissez passer la date, vous allez vous mettre sur un *un* et ce n'est pas certain qu'il se laissera faire.

Se prendre un râteau

Obtenir un refus, se faire éconduire

Que diable vient faire le râteau dans nos affaires de cœur (d'artichaut) ?
Les films burlesques de l'époque du cinéma muet ont popularisé une image amusante que tout le monde connaît : une personne marche sur un râteau posé par terre, faisant qu'il se redresse et que le malheureux ou la malheureuse se retrouve avec force levier à recevoir son manche en pleine face.

C'est de ce gag, repris par les dessins animés, et sous l'influence probable de *rater*, que vient l'expression *se prendre un râteau* (parfois *se manger un râteau*), qui signifie qu'on échoue durement à obtenir l'amour de quelqu'un. Elle est apparue dans les années 1990.

Il faut dire qu'en matière de cœur, la langue bat vraiment la chamade et invente sans cesse des mots nouveaux pour conter fleurette. Ainsi, *Le Petit Robert* a fait entrer dans son édition 2024 les mots *crush* et *ghoster*, très bien connus des plus jeunes. Pour ceux qui sont moins à la page du dictionnaire, sachez que si votre *crush* (« personne pour qui on a un coup de cœur ») vous *ghoste* (« coupe brutalement la communication »), c'est comme si elle ou il vous mettait un râteau fantôme.

Quand on refuse
de vous rouler une
pelle et que votre
langue fourche,
plus la peine de vous
casser la binette :
vous êtes en train
de vous prendre un
râteau, tout seau que
vous êtes à vouloir
joindre l'outil
à l'agréable.

Laurent Ruquier

Se refiler la patate chaude

Se débarrasser (sur quelqu'un) d'une affaire désagréable

Si on vous *refile la patate chaude*, vous pouvez légitimement vous exclamer : *Purée !*
L'expression, qu'on rencontre dès 1840, calque l'anglais *to drop the hot potato* (littéralement, « laisser tomber la patate chaude »). Au sens figuré, l'anglais *potato* évoque une « affaire embarrassante », un « problème délicat ». La *patate* française a d'ailleurs parfois également le sens d'« incident désagréable » (1909). Le passage en français de l'expression pourrait être un québécisme, car le Québec pratique volontiers ce type de transitions de langues. *Refiler la patate chaude* à quelqu'un signifie qu'on se débarrasse d'un problème, en comptant sur quelqu'un d'autre pour s'en occuper. Pour comprendre le sens, il faut simplement s'imaginer avec une grosse pomme de terre très chaude dans les mains. Vous n'aurez qu'une idée : la jeter dans les mains du voisin ! Si on vous *refile la patate chaude*, vous avez toutes les raisons d'en *avoir gros sur la patate* (sur le cœur, p. 142).

À noter que la *patate chaude*, employée seule, peut aussi avoir le sens de « question brûlante » (un peu comme un sujet radioactif), suivant la même image. Comme si on essayait de résoudre la situation au Moyen-Orient autour d'une raclette.

Laurent Ruquier

C'est tout un art
que de vouloir garder
la frite et que les
autres soient dans
la purée noire.
Certains l'ont
fait parce qu'ils
estimaient que
cette épluchure...

Se taper la cloche

Bien manger, se régaler

Qui dit que les moines, après avoir fait bonne chère, n'allaient pas taper la cloche pour faire croire à une messe ? Mais ce n'est pas à la vie monastique qu'on doit *se taper la cloche*, mais aux métaphores de l'argot.

Se taper renvoie autant à l'idée de « se remplir, s'enfoncer » qu'à celle de « donner un coup, frapper ».

La *cloche*, c'est dans un premier temps la « tête », suivant la métaphore classique par laquelle on compare la tête à des récipients (carafe, caisson, bourrichon...). *Taper la cloche* redouble de manière plaisante l'idée de « sonner ».

Si *se taper la cloche* (parfois simplement *se taper la tête*, début XXe siècle) a pu signifier par le passé « boire beaucoup » (on dit encore d'un alcool fort qu'il *tape* – sous-entendu : la tête), on l'utilise exclusivement aujourd'hui pour parler d'un bon repas à la suite duquel on est repu. La *cloche* a désormais davantage le sens de « ventre » que de « tête ». Cela montre bien que les idées d'ivresse et de satiété sont toujours très proches dans l'évolution de la langue. Et que, dans un cas comme d'un l'autre, les excès sont à proscrire : c'est toujours le même son de cloche.

Il est arrivé, quand j'étais plus jeune (aujourd'hui plus personne n'oserait dire ça), qu'un pote au lendemain d'une sortie en discothèque me dise : « Toutes les jolies filles étaient parties, je me suis tapé la cloche. » Ce qui ne voulait pas forcément dire qu'il était allé se faire un grec avant de rentrer chez lui.

Laurent Ruquier

Se triturer les méninges

Réfléchir de façon intense

Les *méninges* (emprunté au latin médical *meninga*) sont les membranes qui enveloppent le cerveau et la moelle épinière. Elles entrent au pluriel dans le langage familier avec le sens de « cerveau, intelligence » (1860). On a alors inventé tout un tas d'expressions où les méninges remplacent la *tête*, comme *s'écarteler les méninges* (1908, aujourd'hui disparue), *se casser les méninges* (1936), *se torturer les méninges*, *se creuser les méninges* et, donc, *se triturer les méninges* (XXe siècle).

Pour cette dernière, on croise souvent la variante *se triturer la cervelle*. Dans tous les cas, cela signifie qu'on déploie d'importants efforts pour réfléchir ou pour se souvenir de quelque chose. *Triturer* vient du bas latin *triturare*, qui signifie « broyer, battre le blé » (1519). Ce sens spécifique est sorti d'usage, pour être remplacé par « malaxer, pétrir ». Cela renvoie à une idée de maladresse ou de brutalité.

On imagine les neurochirurgiens du XXe siècle triturer littéralement les méninges de leurs patients et expérimenter d'atroces lobotomies afin de « guérir » les déviants. Heureusement que la médecine a progressé.

Laurent Ruquier

Il faut d'abord la dégorger afin d'enlever ce qui pourrait rester de sang ; pour ça, ébouillantez-la avec de l'eau, du sel et du vinaigre. C'est dans une poêle que vous allez la faire cuire avec de la farine, du persil, du beurre et un peu de citron. Voilà, vous pourrez ainsi préparer votre cervelle, sans vous triturer les méninges.

Semer la zizanie

Faire naître la discorde, le trouble

D'où vient la zizanie à laquelle est confronté Astérix dans le quinzième album de ses aventures (*La Zizanie*, 1970) ? Du Romain Tullius Détritus, qui a le don de semer la discorde sur son chemin. Mais cela ne nous dit rien de l'origine du mot *zizanie*. Le fait qu'on la *sème* doit nous mettre sur la voie.

Au sens propre, la *zizanie* (du latin ecclésiastique *zizania*, lui-même dérivant probablement du sumérien *zizân*, signifiant « blé ») est l'« ivraie », cette mauvaise herbe qui pousse dans les champs. Au sens figuré (le seul qui subsiste), la *zizanie* devient synonyme de « méchanceté », « désunion », « discorde ».

C'est dans l'Évangile selon Matthieu qu'on peut lire la parabole dans laquelle un homme sème du grain dans son champ. Mais, la nuit, son ennemi passe semer l'ivraie. Au moment de la récolte, il lui faut donc « séparer le bon grain de l'ivraie », retirer la mauvaise graine, qui s'avère être légèrement toxique.

L'*ivraie*, c'est aussi ce qui germe dans les esprits malfaisants et conduit à la dispute. On rencontre *semer la zizanie* depuis 1579 (sous la plume de l'écrivain François de Belleforest) mais l'expression existe sous d'autres formes dès le XIVe siècle (1382).

Mais les mauvaises intentions finissent toujours par être payées au prix fort, car qui sème le vent récolte la tempête.

La Zizanie est un de mes albums préférés d'Astérix. Quant à Laziz Annie, c'est une jeune fille dont les parents, M. et Mme Laziz, ont eu la mauvaise idée de suivre les conseils d'Éric Zemmour en choisissant un prénom bien français. Peut-être aussi en hommage à Annie Girardot, première candidate écolo à affronter son mari Louis de Funès dans le film du même nom.

Laurent Ruquier

Sucrer les fraises

Être agité de tremblements nerveux, être gâteux

La fraise sucrée est amère lorsqu'elle se moque des anciens ou des personnes ayant une infirmité. Mais cela n'a pas empêché *sucrer les fraises* d'entrer dans le vocabulaire au XXe siècle.

À cause de l'âge, du stress, de l'alcool ou d'une maladie nerveuse, nos mains se mettent parfois à trembler (involontairement). Ces secousses rappellent celles que nous faisons (volontairement) pour verser du sucre sur les fraises. Le ressort humoristique tient autant au caractère précis et dérisoire du fait de sucrer les fraises qu'à l'ironie qui remplace un geste incontrôlé par un autre volontaire.

Si quelqu'un *sucre les fraises*, c'est donc qu'il ou elle tremble. Le sens est devenu plus large aujourd'hui et signifie « être sénile » (même lorsque la main est ferme).

C'est avec une certaine mélancolie que Marcel Aymé écrit cette fatalité de la vie dans *Le Passe-Muraille* (1941) :

> « J'ai cinquante-quatre ans et plus bon à rien, forcément. J'ai lâché mon métier de plombier, je tremble de partout, regardez mes mains, je sucre les fraises, les jambes qui grelottent. »

Il ne faut pas railler la vieillesse, car tout le monde y passe. À ne pas confondre avec les jeunes tourtereaux qui, les genoux tremblants, *vont aux fraises*, c'est-à-dire se promener dans les bois en amoureux...

Laurent Ruquier

Plutôt que de vous narrer la triste histoire du gâteux d'anniversaire, laissez-moi vous raconter celle inventée par Pierre Doris, maître de l'humour noir :

« Deux vieux sur un banc avec un casque sur les oreilles s'agitent en écoutant de la musique. L'un demande à l'autre "Rolling Stone ?", qui lui répond : "Non, non, Parkinson !" »

Tailler une bavette

Bavarder

Chez le boucher, vous pouvez *tailler une bavette*, tout en repartant les mains vides.
En effet, la *bavette* n'est pas, dans notre expression, la pièce de viande qu'on découpe dans l'aloyau. Il faut la rapprocher de la... *bave*. Au XVIe siècle, la bave était (comme aujourd'hui) synonyme de *salive*, mais avait aussi le sens de « parole, loquacité, babil ». Ce lien entre la salive et le fait de parler est assez commun (*cracher*, c'est « dire du mal » ; *user sa salive*, c'est « parler plus qu'il ne faut »). Cela nous donne ensuite des mots comme *bavard* ou *bavardage*.

Quant à *tailler*, le verbe est employé depuis le XIIIe siècle dans le champ de la discussion (*tailler bien la parole à quelqu'un* signifie ainsi qu'on lui parle avec éloquence).

Tailler une bavette, c'est donc littéralement « débiter de la salive », autrement dit, parler beaucoup, converser avec une certaine intensité. L'expression se rencontre depuis la seconde moitié du XVIIe siècle (1690) sous la forme *tailler des bavettes* et on emploie *tailler une bavette* depuis 1842.

Voilà une bonne histoire pour discuter le bout de gras.

Non, ce n'est pas le temps passé chez le boucher qui compte, même si l'expression *j'en ai un peu plus, je vous le mets quand même* correspond parfaitement à la situation. Si vous tenez à tenir la conversation encore plus longtemps, préférez la buvette à la bavette, bien plus efficace pour ceux qui veulent tenir le crachoir.

Laurent Ruquier

Tenir la dragée haute à quelqu'un

Faire sentir son pouvoir à quelqu'un

Si le baptême d'un enfant d'aristocrates est une bonne occasion pour obtenir des dragées de la haute, *tenir la dragée haute* est plus une affaire de jeu que de fête religieuse.

On doit l'expression à l'image de la friandise tenue hors de portée d'une personne que l'on souhaite tourmenter. Dans son *Dictionnaire des proverbes* (1842), Pierre-Marie Quitard fait mention d'un jeu dans lequel « on excite la convoitise des enfants en faisant voltiger devant eux une dragée suspendue par un long fil au bout d'un bâton, sans qu'il leur soit permis de la saisir autrement qu'avec la bouche ». D'autres sources évoquent l'image d'un chien qui saute pour attraper une friandise. Mais l'idée reste plus ou moins la même.

Les premières traces de l'expression se rencontrent au XVIIIe siècle, notamment sous la plume de Diderot (1773). Elle signifie qu'on fait payer cher à quelqu'un ce qu'il souhaite avoir. Autrement dit, qu'on abuse de sa position dominante. L'outrage est haut.

Laurent Ruquier

Si quelqu'un vous tient la dragée haute, vous pouvez toujours lui casser les bonbons si vous êtes au bon niveau. Autres solutions : la prise de la pastille ou la trêve des confiseurs.

Une tête de Turc

Objet des railleries, des plaisanteries

L'Empire ottoman, contrôlé par les Turcs, a régulièrement été dans l'histoire un ennemi féroce de nos velléités militaires au Moyen-Orient, en Afrique ou en Europe. Mais quel est le problème avec leur tête ?

En fait, il s'agit d'une référence au jeu des fêtes foraines dans lequel on tape avec un maillet sur un dynamomètre en forme de tête, qui était jadis orné d'un turban.

La *tête de Turc* (1866), c'est donc littéralement « ce sur quoi on frappe », le souffre-douleur, la personne qui essuie toutes les moqueries et les vexations.

On l'entend aussi parfois dans le sens légèrement différent de « responsable de toutes les fautes », comme synonyme de *bouc émissaire*. Ce dernier doit son nom à une tradition mentionnée dans la Bible (Lévitique 16, 20-22) : le jour de l'Expiation, un bouc était symboliquement chargé de tous les péchés d'Israël par un prêtre, avant d'être chassé dans le désert. C'est un bas instinct malheureusement constant des sociétés humaines que de vouloir chercher des coupables, turcs ou non.

Si vous avez le sentiment d'être une tête de Turc, n'allez pas vous faire voir chez les Grecs qui pourraient profiter de la situation. De même, les Belges ont parfois été les souffre-douleurs des Français et de leurs histoires, mais ils ont depuis été remplacés par les Blondes. Si vous êtes blonde, d'origine turque et que vous vivez à Bruxelles, méfiez-vous quand même.

Laurent Ruquier

Tirer les vers du nez à quelqu'un

Faire parler, questionner habilement

« Eh ! quelque sot… Je vous vois venir
Vous avez envie de me tirer les vers du nez. »
Molière, *George Dandin ou le Mari confondu*, 1668.

Lorsqu'on *tire les vers du nez à quelqu'un*, c'est qu'on parvient adroitement à lui arracher des secrets. C'est une expression ancienne qu'on retrouve au début du XVe siècle chez Christine de Pisan (*Le Livre des trois vertus à l'enseignement des dames*, 1405). Mais son origine est obscure.

Certains avancent que *ver* est une forme archaïque de *vrai*, venant du latin *verum*. *Tirer les vers* reviendrait alors à « tirer le vrai ». Cela est assez séduisant eu égard au sens de l'expression, mais cela n'explique pas le passage au pluriel. Surtout, la même expression existe en anglais : *to worm a secret out of somebody* signifie « faire parler quelqu'un » (*worm* étant le *ver de terre*). La racine *verum* semble donc peu probable.

Certaines encyclopédies mentionnent des petits parasites, les vers rinaires, logeant dans notre nez. D'autres font le rapprochement avec les comédons !

Bref, vous l'aurez compris, on n'a toujours pas tiré les vers du nez à cette expression.

Laurent Ruquier

Inutile d'insister, je ne vous donnerai pas la véritable origine de cette expression, non pas que je vous aie dans le pif, mais je vois bien que vous essayez d'en savoir plus que ce que vous a dit le linguiste du Robert juste à côté. Vous obtiendrez de moi tout au plus un alexandrin, un seul vers, mais de douze pieds, plutôt que de mon nez : Que les curieux s'engagent dans la narine !!!

Toucher sa bille

S'y connaître, être compétent

La chanson *Pinball Wizard*, du groupe britannique *The Who*, raconte l'histoire de Tommy, dans l'opéra rock éponyme (*Tommy*, 1969), enfant sourd, muet et aveugle qui devient un as du flipper. C'est grâce au toucher de la bille des machines de bar qu'il retrouve ses autres sens. Sauf que l'expression, qui date à peu près de la même époque, ne vient pas du flipper mais du billard.

Toucher peut s'entendre comme « atteindre sa cible » (*touché !*), à la bataille navale ou dans les sports de combat. Quelqu'un *qui touche* a donc de l'adresse.

On parle aussi depuis longtemps du *toucher* d'un instrument de musique (1200) et le mot a notamment été repris dans le monde du sport (le *toucher* de balle en football, par exemple).

Au billard, avoir un bon toucher avec sa canne permet de donner à la boule une trajectoire précise qui fait marquer des points. L'expression *toucher sa bille* existe depuis les années 1970 et s'emploie familièrement pour dire qu'on « est compétent dans un domaine ».

Si quelqu'un *y va bille en tête* (« avec audace, franchise »), les autres auront peut-être du mal à *défendre leurs billes* (« défendre leurs intérêts », en référence au jeu d'écoliers). Et à la fin de l'envoi, il touche !

Ceux qui ont vu Joseph Pujol se produire au Moulin Rouge dans les années 1890 confirmaient que dans son domaine il touchait sa bille. Il pouvait éteindre une bougie à plusieurs mètres ou jouer *La Marseillaise* en lâchant les gaz. C'est con ! D'où l'idée qu'il soit le plus compétent des cons pétant !

Laurent Ruquier

Tous azimuts

Dans toutes les directions, de tous les côtés ; qui utilise tous les moyens et a les objectifs les plus variés

Voilà une expression qu'on utilise *tous azimuts*, sans même savoir d'où elle vient.
L'*azimut* tient son origine dans l'arabe *az-samt*, « chemin », ou, plus particulièrement, « point de l'horizon » (en astronomie notamment). *Az-samt* nous a également donné le *zénith*. Il est entré en français en passant par l'espagnol (*acimut*). Pour les marins, l'*azimut* correspond à l'angle entre le plan méridien et le plan vertical d'un astre. Il permet de trouver précisément sa position. L'azimut donne au voyageur, sur terre ou en mer, un axe précis pour avancer (avec sa boussole).

Au début du XXe siècle, *dans tous les azimuts* est un jargon d'état-major militaire et d'artilleurs. Cela prend rapidement la forme *tous azimuts*, qui joue un rôle d'adjectif ou d'adverbe. On la trouve d'ailleurs dans les *Mémoires* (1954) du général de Gaulle. Elle s'est diffusée lorsque les kakis ont eu de plus en plus les honneurs de la presse civile, en particulier avec la stratégie de dissuasion nucléaire. Aujourd'hui, l'expression est utilisée dans bien d'autres contextes ; elle signifie qu'on met en œuvre des moyens variés et qu'on vise dans toutes les directions.

Il ne faut pas confondre, bien sûr, avec *azimuté* (« fou ») : cela signifie qu'on a perdu le nord.

Laurent Ruquier

Si tous les chemins mènent à Rome, on peut aussi, et fort heureusement, trouver une autre destination, sinon ça ferait trop de monde dans la capitale italienne, déjà bien envahie par les touristes. Et puisque j'ai le droit ici d'écrire tous azimuts, précisons surtout que tout lèche-main mène à la flagornerie !

Un peu, mon neveu !

Naturellement, ça va de soi

Cette formule d'affirmation est peut-être familière, mais n'est pas nécessairement familiale. Le *neveu* n'intervient en effet dans notre expression que pour créer une assonance, c'est-à-dire la répétition vocalique du *eu*. Il crée aussi une proximité immédiate avec notre interlocuteur, car il peut rappeler l'argot *mon frère*.

Notre langue familière connaît plusieurs interjections qui fonctionnent sur ce principe et qui colorent avec emphase nos phrases autant qu'elles servent à plaisanter, comme *Tu parles, Charles !* ou *Tu l'as dit, bouffi !*

Un peu, mon neveu ! est une réponse affirmative et énergique à une question posée (comme *Et comment !* ou *Je veux !*). On la rencontre depuis 1824 au moins. Autre variante plus récente : *je veux, mon neveu !*

Dans tous les cas, on n'emploie jamais l'expression sans la syncope (disparition d'un son dans le mot, essentiellement de voyelles) du premier *e*, typique du registre familier :

« Veux-tu qu'j'raconte encore trois p'tites expressions ?
– Un peu, mon n'veu. »

Expression chère au regretté Jean Yanne, qui aimait l'utiliser de façon inattendue en réponse à n'importe quelle question ou affirmation. Exemple :

« Si mon oncle en avait deux, est-ce qu'on l'appellerait ma tante ? – Un peu, mon neveu ! »

Laurent Ruquier

Une vie de patachon

Une vie agitée, toute en parties de plaisir

Le *patachon* était à l'origine un conducteur de *patache*, une diligence sans confort dans laquelle on voyageait pour une somme modique (on devrait réhabiliter le terme pour désigner les autocars longue distance !). Ce petit véhicule doit lui-même son nom à une comparaison avec un petit navire militaire ou douanier (la *patache*) servant à la surveillance des côtes et étant souvent en mauvais état.

Le *patachon* avait donc, par son métier, une vie agitée, transporté çà et là au gré des voyages. C'est la même image qui donne l'expression *mener une vie de bâton de chaise* (vie désordonnée), qui renvoie aux antiques chaises à porteurs soulevées par de larges bâtons sans cesse levés, baissés ou glissés pour ouvrir la porte du palanquin.

La *vie de patachon* est attestée vers la fin du XIXe siècle, et reste encore d'usage aujourd'hui. Dans *Les Choses* (1965), ethnographie infra-ordinaire d'un jeune couple de cadres, Georges Perec nous parle de ces fêtards qui cherchent désormais la sécurité :

> « Nous ne pouvons pas, disaient-ils, continuer toute notre vie comme ça. Et ce comme ça était un geste vague, tout à la fois : la vie de patachon, les nuits trop brèves, les patates, les vestes élimées, les corvées, les métros. »

C'est oublier qu'un bateau qui a sorti les ancres ne peut plus quitter son port pour prendre la mer. Avis de *patachon*.

Laurent Ruquier

Elle a chanté Brassens avant Brassens. Elle a vu débuter Brel, Piaf, Aznavour… Elle coupait les cravates des clients dans le cabaret montmartrois qui portait son nom. Elle a joué au théâtre, au cinéma, à la télévison (*Orages d'été* ou *Les Grandes Marées* dans les années 1980-1990). Elle est partie en 2015 à l'âge de 96 ans et son fils Pierre Billon est très sympa. Oui, j'ai préféré parler d'une vie de Patachou.

Vieux comme mes robes

Très vieux

Jadis, les gens n'avaient pas une garde-robe régulièrement renouvelée. On rapiéçait de vieux draps pour en faire des tuniques, et on gardait ses robes toute sa vie. Sauf que l'expression *vieux comme mes robes* n'a rien à voir avec les vêtements.

Il s'agit en fait d'une déformation familière d'une autre expression : *vieux comme Hérode*. La raison pour laquelle on a choisi le personnage biblique Hérode n'est pas évidente, d'autant que les personnages à l'âge canonique ne manquent pas dans l'Ancien Testament (Abraham, Mathusalem, Joseph, etc.). Nous n'avons pas d'indication concernant l'âge de Hérode Antipas (celui qui fait mourir Jean-Baptiste) ou du roi Hérode le Grand (qui organise le massacre des Innocents). Il pourrait s'agir du second.

Probablement par plaisanterie, on a altéré l'expression au début du XXe siècle pour inventer *vieux comme mes robes*. Cela a vraisemblablement quelque chose à voir avec le fait de *s'en moquer comme de sa première chemise*.

On emploie surtout *vieux comme mes robes* concernant des objets usés. Il s'agit peut-être initialement de l'homophone *Hérode/érode*. Les amateurs du nouveau roman ont, quant à eux, les Robbe-Grillet.

La première fois que j'ai entendu cet « à-peu-près », c'était dans un sketch de Coluche, *Le Clochard analphabète*, tout comme Fernand Raynaud (son prédécesseur dans le cœur des Français) avait utilisé : « Il est ingénieur à Grenoble ! » Dans la même collection : « il était fier comme bar-tabac », « il n'est pas sorti de la cuisine de Jupiter », « on n'est pas sorti de l'Auvergne », « avoir les pieds de Damoclès sur la tête » ou « je suis comme un vrai coq en plâtre ». Volontaires ou pas, voilà qui ne s'Hérode pas.

Laurent Ruquier

Yoyoter du bulbe

Perdre la tête, divaguer

Yoyoter (1932) rappelle le mouvement alternatif du yo-yo, car c'est bien de là que vient le mot. Le *yo-yo* (ou *yoyo*) est un des plus anciens jouets de l'humanité, avec la toupie. Déjà connu en Grèce il y a plus de deux millénaires, son nom viendrait peut-être des Philippines. En France, on l'appelle d'abord *émigrette* à partir de la fin du XVIIIe siècle, car il est rapporté par les émigrés monarchistes de la Révolution partis en Angleterre (où on parle alors de *bandalore*). Le mot *yo-yo* devient une marque déposée en 1929 aux États-Unis – ils sont fous ces *yankees !*

Par référence au mouvement du disque, *yoyoter* a pris le sens d'« être fou ». La langue familière a ajouté des synonymes argotiques de *tête* après le verbe : *yoyoter de la touffe, de la toiture, de la cafetière, de la mansarde* et, donc, *du bulbe*.

Dans les prisons, *yoyoter* renvoie au fait de passer des objets ou des messages d'une cellule à l'autre à l'aide d'une ficelle, par l'extérieur.

Le *bulbe*, avant de désigner notre cerveau, est l'oignon d'une plante. Il contient toutes les réserves permettant de passer l'hiver puis de fleurir au printemps. Loin d'être fou, le cycle de la nature nous instruit au contraire à reconnaître la sagesse du bulbe.

Laurent Ruquier

Dites-le avec des fleurs ! Sans vouloir marcher sur vos plates-bandes, plutôt que d'utiliser de manière terre à terre « il commence à déconner », « il radote » ou « il n'a plus tout à lui », essayez « il a *Le Robert* dans le désordre », qui n'est pas encore répandu, mais qui rendra définitivement hommage à cet ouvrage.

Bibliographie

Langue française – Dictionnaires français

Centre national de ressources textuelles et lexicales (CNRTL), en ligne.
Dictionnaire de l'Académie française, 2 tomes, 1re éd. J.-B. Coignard, 1694, 4e éd. B. Brunet, 1762, réimpression de la 4e éd. Nîmes : P. Beaume, 1778, 5e éd. J.-J. Smits, 1798, 6e éd. Firmin-Didot et Cie, 1878, 8e éd. Hachette, 1932-1935, 9e éd. en ligne, 2019.
Dictionnaire du moyen français (DMF), en ligne.
Dictionnaire vivant de la langue française, Université de Chicago, site comparatif de dictionnaires anciens en ligne.
Le Grand Larousse de la langue française, Larousse, 1971-1979.
Le Grand Robert de la langue française, Le Robert, en ligne.
Le Petit Robert de la langue française, Le Robert, en ligne.
Trésor de la langue française informatisé (TLFi), en ligne.
Trésor de la langue française au Québec (TLFQ), en ligne.
Académie française, *Dire, ne pas dire. Du bon usage de la langue française*, en ligne.
FURETIÈRE A., *Dictionnaire universel* [1690], Le Robert, 1978.
LITTRÉ É., *Dictionnaire*, 1873-1877, en ligne.
PARMENTIER M., *Dictionnaire des expressions et tournures calquées sur l'anglais*, Presses de l'université de Laval, 2006.
QUITARD P.-M., *Dictionnaire étymologique, historique et anecdotique des proverbes et des locutions proverbiales de la langue française*, P. Bertrand, 1842.
REY A., *Dictionnaire historique de la langue française*, Le Robert, 1994.

Langue française – Dictionnaires spéciaux, expressions, argot, langues étrangères

Encyclopaedia Universalis, 20 tomes et 2 suppléments, 1968-1975, 1980 (suppléments).
BRUANT A. et BERCY L. (DE), *L'argot au XXe siècle. Dictionnaire français-argot*, Flammarion, 1901.
CARADEC F. et POUY J.-B., *Dictionnaire du français argotique et populaire*, Larousse, 2009.
CHAUTARD É., *La Vie étrange de l'argot*, Denoël et Steele, 1931.
DOILLON A., *Dictionnaire de l'argot*, Bouquins, 2010.
DUNETON C., *Le Guide du français familier*, Seuil, 1998.
DUNETON C., *La Puce à l'oreille*, Stock, 1985.
ESNAULT G., *Le Poilu tel qu'on le parle*, Éditions Bossard, 1919.
ESNAULT G., *Dictionnaire historique des argots français*, Larousse, 1965.
FÉRAUD (ABBÉ), *Dictionnaire critique de la langue française*, J. Mossy père et fils, 1787-1788.
GAFFIOT F., *Le Grand Gaffiot*, Hachette, 2000.
OUDIN A., *Curiositez françoises, pour servir de supplément aux dictionnaires, ou recueil de plusieurs belles propriétés, avec une infinité de proverbes et de quolibets pour l'explication de toutes sortes de livres*, Antoine de Sommaville, 1640.
REY A., avec la participation de Stéphane De Groodt, *200 drôles d'expressions que l'on utilise tous les jours sans les connaître*, Le Robert, 2015.
REY A. et CHANTREAU S., *Dictionnaire des expressions et locutions*, Le Robert, 1991.
WARTBURG W. (VON), *Évolution et structure de la langue française*, A. Francke, 1934.

Littérature

Aymé M., *Le Passe-Muraille* [1941], Folio Junior, 2009.
Balzac H. (de), *La Comédie humaine*, Gallimard, « Bibliothèque de la Pléiade », 1940-1950.
Belleforest F. (de), *Grandes Annales et histoire générale de France*, Gabriel Buon, 1579.
Bloy L., *Le Désespéré* [1887], Garnier-Flammarion, 2010.
Bodel J., *Le Jeu de saint Nicolas* [1200], Flammarion, 2005.
Bourdeille P. (de), dit Brantôme, *Œuvres complètes de Pierre de Bourdeille, seigneur de Brantôme*, publiées d'après les manuscrits avec variantes et fragments inédits pour la Société de l'histoire de France par Ludovic Lalanne, Veuve Jules Renouard, 1864-1882.
Brassens G., *Œuvres complètes*, Le Cherche midi, 2007.
Céline L.-F., *Voyage au bout de la nuit*, Gallimard, « Bibliothèque de la Pléiade », 1973.
Céline L.-F., *Mort à crédit*, Gallimard, « Bibliothèque de la Pléiade », 1973.
Céline L.-F., *À l'agité du bocal*, in *Le Gala des vaches d'Albert Paraz*, éditions de l'Élan, 1948.
Céline L.-F., *Guignol's Band*, Denoël, 1944.
Cendrars B., *La Main coupée*, Denoël, 1946.
Cholières N. (de), *Œuvres du seigneur de Cholières*, éditions Plein chant, « Bibliothèque facétieuse, libertine et merveilleuse », 1994.
Chrétien de Troyes, *Œuvres complètes et Œuvres diverses*, Gallimard, « Bibliothèque de la Pléiade »,1994.
Corneille P., *Œuvres complètes*, Hachette, « Les Grands Écrivains de la France », 1862-1868.
Courteline G., *Les Gaietés de l'escadron*, Flammarion, 1925.
Courteline G., *Le Train de 8 h 47*, Flammarion, 1950.
De Gaulle C., *Mémoires*, Gallimard, « Bibliothèque de la Pléiade », 2000.
Descartes R., *Œuvres et Lettres*, Gallimard, « Bibliothèque de la Pléiade », 1958.
Diderot D., *Œuvres complètes*, vol. 1 : *Contes et romans*, Gallimard, « Bibliothèque de la Pléiade », 2004.
Feydeau G., *Le Dindon* [1896], Le Livre de poche, 2003.
Flaubert G., *Correspondance*, Louis Conard, 1926-1951.
Goethe J. W. (von), *Faust*, 1808.
Hugo V., *Les Misérables*, Gallimard, « Bibliothèque de la Pléiade », 1951.
La Fontaine J. (de), *Fables* [1668-1694], *Contes et Nouvelles*, Gallimard, « Bibliothèque de la Pléiade », 1948.
Le Roux de Lincy A., *Le Livre des proverbes français*, Paulin, 1842.
Marivaux, *Le Paysan parvenu*, Pierre Prault, 1734.
Molière, *Œuvres*, Hachette, « Les Grands Écrivains de la France », 1873-1900.
Montaigne, *Essais*, Garnier, 1948-1952.
Nerval G. (de), *Faust et le Second Faust*, adaptés de Goethe [1840], Garnier, 1950.
Navarre M. (de), *L'Heptaméron* [1559], Flammarion, 1982.
Orwell G., *La Ferme des animaux* [1945], Gallimard, 2007.
Paré A., *Les Œuvres complètes*, Classique Garnier, 2019.
Perec G., *Les Choses. Une histoire des années soixante* [1965], Julliard, 1988.

PEREC G., *La disparition*, Gallimard, 1969.
PERRAULT C., *Contes de ma mère l'Oye* [1697], Cluny, « Bibliothèque de Cluny », 1948.
PÉTRONE, *Œuvres complètes* (trad. Charles Héguin de Guerle), L'Harmattan, « Archives Karéline », 2008.
PISAN C. (DE), *Le Dit de la Pastoure*, 1403.
PISAn C. (DE), *Le Livre des trois vertus à l'enseignement des dames*, 1405.
PROUST M., *À la recherche du temps perdu* [écrit de 1913 à 1922], Gallimard, « Blanche », 1922-1927.
RABELAIS F., *Œuvres complètes* [1934], Gallimard, « Bibliothèque de la Pléiade », 1942.
RACINE J., *Œuvres*, Hachette, « Les Grands Écrivains de la France », 1923.
SAINT-SIMON, *Mémoires*, Gallimard, « Bibliothèque de la Pléiade », 1947-1958.
SAND G., *La Petite Fadette* [1849], Gallimard, 2004.
SÉVIGNÉ (MADAME DE), *Lettres*, Hachette, 1862-1876.
SIMENON G., *Œuvres complètes*, Rencontres, 1967.
STENDHAL, *Romans et Nouvelles*, Gallimard, « Bibliothèque de la Pléiade », 1947-1952.
ZOLA É., *Les Rougon-Macquart*, Gallimard, « Bibliothèque de la Pléiade », 1960-1967.

Œuvres collectives

Satyre Menippee. *De la Vertu du Catholicon d'Espagne et de la tenue des Estats de Paris* [1594], H. Champion, 2007.
La Bible, TOB, Le Cerf, 2010.

Références audiovisuelles

La Queuleuleu, Guy Lux et Gérard Tempesti, 1987, interprétée par André Bézu.
Désolé pour hier soir, Tryo, 2003.
L'Auberge Espagnole, réalisé par Cédric Klapisch, 2002.
L'NMIACCd'HTCK72KPDP, MC Solaar, 1994.

Table des expressions

Aux éditions Le Robert, on aime jouer avec la langue française !

Recueils d'expressions déjà parus :

Stéphane de Groodt et Alain Rey, *200 drôles d'expressions que l'on utilise tous les jours sans vraiment les connaître*, 2015.

Éric Fottorino, *200 drôles de mots qui ont changé nos vies depuis 50 ans*, 2017.

Aurore Vincenti, préface d'Alain Rey, *Les Mots du bitume. De Rabelais aux rappeurs, petit dictionnaire de la langue de rue*, 2017.

Milliès Lacroix, illustré par Aude Picault, *200 drôles d'expressions qui ont du corps*, 2018.

François Rollin et Jean-Christophe Tomasi, *200 drôles de mots à ressusciter pour vaincre la morosité*, 2018.

Alain Rey, *150 drôles d'expressions que l'on utilise tous les jours sans vraiment les connaître*, 2020.

Stéphane Marie et Nathalie Gendrot, *150 drôles d'expressions pour cultiver son jardin*, 2021.

Alain Rey, Denis Milliès Lacroix et Agnès Pierron, *150 drôles d'expressions à emprunter à nos grands-mères*, 2021.

Étienne Klein, Yoan Boudes, Florent Coste, Nathalie Koble, Amandine Mussou et Laëtitia Tabard, *150 drôles d'expressions pour ramener sa science*, 2021.

Yves Camdeborde et Marcelle Ratafia, *150 drôles d'expressions de la cuisine qui ne manquent pas de sel*, 2021.

Maxime Rovere, Nathalie Gendrot et Thomas-Louis Novillo, *150 drôles d'expressions pour prendre la vie du bon côté*, 2022.

Michel Denisot, Médéric Gasquet-Cyrus et Arnaud Richard, *En plein dans la lucarne ! 200 expressions, mots et anecdotes de légende sur le foot*, 2022.

Philippe Spanghero, Médéric Gasquet-Cyrus et Arnaud Richard, *Au cœur de l'Ovalie. 150 expressions, mots et anecdotes de légende sur le rugby*, 2023.

Cet ouvrage a été achevé d'imprimer en septembre 2023
dans les ateliers de Normandie Roto Impression s.a.s.
61250 Lonrai
N° d'imprimeur : 2303669
Dépôt légal : octobre 2022
N° d'éditeur : 117784/10288708

Imprimé en France

Ce livre est imprimé sur du papier
issu de forêts gérées durablement.